書下ろし

警視庁暗殺部

D1 海上掃討作戦

矢月秀作

目次

目次デザイン／かとう　みつひこ

DELETE-1　**D1警視庁暗殺部　主な登場人物**

周藤《すどう》一希《かずき》（ファルコン）……処刑執行人兼D1のリーダー。ナイトホークカスタムを愛用する射撃の名手。元警視庁捜査一課強行犯係。

神馬《じんば》悠大《ゆうだい》（サーバル）……処刑執行人。漆一文字黒波《うるしいちもんじくろなみ》という黒刀の仕込み杖《づえ》を操《あやつ》る刃物遣いの天才。元ヤクザの用心棒。

栗島《くりしま》宗平《そうへい》（ポン）……工作班員。武器、火薬、通信機器に加え、インターネットの住人たちについても精通している。元陸上自衛官。

伏木《ふしき》守《まもる》（クラウン）……情報班員。人の印象、記憶力を巧《たく》みに利用した諜報《ちょうほう》活動、潜入捜査を得意とする。元私立探偵。

真中《まなか》凜子《りんこ》（リヴ）……情報班員。世知《せち》に富み人の心理をくすぐる手腕は群を抜いている。元銀座ナンバーワンのホステス。

天羽《あまは》智恵理《ちえり》（チェリー）……連絡班員であり執行の見届け人。普段は優しい笑顔を振りまいているが、元レディースのトップで喧嘩《けんか》の達人。

菊沢《きくざわ》義政《よしまさ》（ツーフェイス）……暗殺部部長で第三会議《だいさんかいぎ》のメンバー。暗殺部の全貌を知る唯一の人物。普段は警視庁総務部の閑職にある。

加地《かじ》荘吉《そうきち》（ベンジャー）……暗殺部処理課〝アント〟の長。平時は警視庁技術職員として窓際の職にいる。

岩瀬川《いわせがわ》亮輔《りょうすけ》（ミスターD）……第三会議の設立者で現議長。通常は大学で防犯のスペシャリストとして教鞭《きょうべん》を執《と》っている。

プロローグ

「そろそろ決断していただけませんかね、磯部《いそべ》さん」

多田武志《ただたけし》は椅子《いす》に反り返って金のロレックスを覗《のぞ》き、大あくびをした。

浜松《はままつ》から二十キロほど南東に位置する小さな漁村を訪れていた。もう七時間以上、漁業協同組合の事務所に居座っている。テーブルを挟《はさ》んで、二対二で対峙《たいじ》していた。

窓から吹きこむ風が潮の香りを運んでくる。夕陽に染まっていた遠州灘《えんしゅうなだ》もすっかり闇に包まれていた。

「何度も答えた。あんたの申し出は断わると」

「君には訊《き》いていない」

多田は右斜め前にいる若者を見据《みす》えた。

「私は君のお父さんであり、漁労長である磯部達洋《たつひろ》さんに伺《うかが》っているんだ」

そう言い、正面に座る日焼けした白髪の壮年男性に目を向ける。

磯部は終始うつむいたまま押し黙っていた。

多田は前髪を掻《か》き上げ、上半身を起こした。

「磯部さん。答えは明白だ。漁業に先はない。ここいらで私の提案を受け入れて、観光地として成功することがこの村に生きる人々のためにもなると思うんですが」

「漁業に未来はある！」

若者がいきなり立った。身を乗り出す。

「だから、おまえには訊いていないと言っているだろう」

多田は若者を見据えた。細長い双眸《そうぼう》に怒気が宿る。若きリゾート王と呼ばれている多田のもう一つの顔が覗いていた。

しかし、若者は怯《ひる》まず見返した。

多田の隣に座っていた背の高い男が腰を浮かせる。多田は右手のひらを立て、男を制した。タバコを咥《くわ》えて火を点《つ》け、椅子にもたれて脚を組む。

「えーと、洋幸《ひろゆき》君だったかな。では訊こう。漁業にどう未来があると言うんだ？　魚の個体数は激減している。日本の漁業で漁獲枠を超える水揚げがあったことはない。遠洋漁業も世界的な漁獲高制限で利益が出なくなっている。養殖はコストがかかりすぎて、採算の合う魚種は限りなく少ない。こうした現状で、どうすれば立て直せると言うんだ？」

多田は片頬《かたほお》を吊《つ》った。

「漁獲枠はそもそも設定が高すぎる。今の三分の二で充分だ。幼魚を逃がすようにして資源管理を徹底すれば、個体数も漁場も戻ってくる。その上で価値のある魚を正当な価格で卸《おろ》すようにすれば、日本の漁業は充分立ち直る」

「御高説《ごこうせつ》、ありがたいね。しかし、そうするには個別割当制度を徹底しなければならないでしょう。早く獲《と》った者勝ちの漁業に慣れた日本の漁業者が、はたして納得するだろうかな？」

「漁業者は海を愛している。必ず、納得する」

磯部洋幸は多田を見つめた。

すると多田は、声を上げて笑った。

「何がおかしい！」

眉尻を吊り上げる。

「いやいや。どこかの市民団体出の政治家みたいだなと思ってね。海を愛してる？　いやあ、笑わせてくれるよ」

「僕は本気で海を――」

洋幸がさらに腰を浮かせる。

多田は脚を放り出した。テーブルに磨きこまれた革靴《かわぐつ》の踵《かかと》を叩《たた》きつけ、椅子に仰《の》け反る。テーブルを打つ音に洋幸と磯部はびくりと肩を弾《はず》ませた。多田の隣にいる部下の森下《もりした》功《いさお》は顔を少しうつむけ、眼鏡《めがね》を押し上げて口辺に笑みを滲《にじ》ませた。

多田は組んだ手を下腹部に置き、洋幸の顔を睨《ね》めた。

「おまえ、三十五だったかな？　俺より三つ下のいい大人だ。恥ずかしくないのか、そんな絵空事を喚《わめ》き立てて」

「絵空事じゃない。日本の漁業者全員が考えるべきことだ！」

「海を破壊してきたのがその漁業者じゃないのか？」

多田が言う。洋幸は言葉に詰まった。

「おまえらが自分たちの利益のためにあちこちで乱獲したがために、水産資源が枯渇した。底引き網で根こそぎ刈ってしまうから、漁場に必要な海草類も育たなくなり、海の中が砂漠と化した。海は誰のものだ？　漁業者だけのものではないだろう。それを漁業権を盾《たて》に私物化して、好き勝手に荒らした結果が今のこのザマじゃないのか。何が海を愛してるだ。笑わせるな。てめえらの都合ばかり並べやがって」

「リゾート建設のほうがましだというのか？」

「ああ、ましだね。少なくとも、リゾートを作ってプライベートビーチに設定すれば、海は荒れない。リゾートの沖合は我々が管理し、我々の客に提供する分の魚しか獲らないから資源は回復する。何より、海がきれいでなければ海岸沿いのリゾートは成立しない。それだけ、海の環境には気を遣う。おまえらみたいにてめえの都合で好き勝手に海を荒らしたりはしない」

「それは話のすり替えだ。漁業は日本の食文化にも繋《つな》がることだ。観光と食の問題は根本から違う」

洋幸は食いさがるように言った。

多田は大きくため息を吐《つ》いた。眉間《みけん》を指で揉《も》み、うつむいて首を振る。

「ああ言えばこう言う。めんどくさいヤツだな……」

脚を下ろし、股を開いて両肘《りょうひじ》を膝《ひざ》に乗せた。

「そもそも漁民が多すぎるんだ。魚はどんどん少なくなっているのに、漁民は特権を手放したくないがために操業を続ける。生活費に加え、漁船の維持費と燃料費を捻出《ねんしゅつ》するために、0《ゼロ》歳魚まで獲って売ってしまう。漁村をリゾート化するのは、そうしたクソ漁民どもを淘汰《とうた》する役目も担《にな》っているんだ。考えてみろ。こっちはたった千人ほどの漁民に、漁業権を放棄するだけで五十億円もの補償を約束し、その後もリゾートの管理等で雇うと言っているんだ。飯が食えるんだよ。おまえの言う夢物語よりはよほど具体的だろうが。なあ、漁労長さんよ」

多田は磯部達洋を見やった。達洋は依然、うつむいたままだった。

「返事ぐらいしろよ、おっさん！」

テーブルを叩く。

達洋はびくりと上半身を震わせた。うつむいたまま、口を開く。

「この……」

声がくぐもり、掠《かす》れる。

「なんだ?」

多田は耳をそばだてた。

「この交渉については、青年部長である息子の洋幸に一任している」

「そういうことだ」

洋幸は声を張った。

「この件については、これからの漁業を担う僕たち次世代の青年部が預かることになっている。今、漁業の将来について、NPOの中心にいる帝林《ていりん》大学の及川《おいかわ》先生と国会議員の岩《いわ》橋《はし》先生とに相談し、どうすれば個別割当制度に移行できるかを検討しているところだ。他の漁協がどういう話し合いをしているのかは知らないが、少なくとも遠州中央漁協は今後も漁業を継続する選択をした、ということだ。お帰り願いたい」

「おいおい、いいのかよ。若造にここまで言わせて」

達洋を見やる。達洋は目を合わせない。多田は舌打ちをした。

「お帰りください。僕たちの結論は揺るがない」

「若造。いいのか?」

「これ以上居座るようなら、僕にも考えがある」

洋幸は身を乗り出し、多田を見据えた。

「なんだ、考えというのは？」

多田が気色《けしき》ばんだ。

「僕は知っているぞ。おまえたちの本当の目的はリゾート開発じゃない」

「何の話だ？」

「とぼけるな。僕だっておまえらのことを少しは調べたんだ。何かはわからないが、おまえらは遠州灘沖にある何かを狙っている。僕はそのことを知っている。マスコミにリークすれば、おまえらの悪事を書き立てられるぞ」

洋幸は睨《にら》んだ。

多田は洋幸を睨み返した。が、すぐに目線を外し、椅子にもたれて高笑いを放った。

「何かと思えば、今度は壮大な作り話か」

「しらを切っても無駄だぞ」

「はいはい。夢でも見たんだな。漁労長。あんたの息子はイカレてるよ」

笑いを止めない。

「笑うな！」

洋幸がテーブルを叩く。

が、多田も森下もびくともしない。多田は笑みを引っ込め、静かに洋幸を見据えた。

「最終確認だ。漁業権は放棄しないということだな?」

「そうだ」

「ならば、仕方がない」

多田は森下を一瞥《いちべつ》した。森下は頷《うなず》き、眼鏡を押し上げ立ち上がる。そのまま事務所を出た。

「あんたも帰れ」

洋幸が言う。

多田はタバコを灰皿に押しつけた。

「磯部洋幸。おまえを現実に引き戻してやる」

「何をする気だ?」

多田を睨んだ時だった。

突然、爆発音が轟《とどろ》いた。事務所まで鳴動《めいどう》する。

「何だ!」

洋幸は席を立ち、ドアロへ走った。達洋も顔を上げる。

爆発音は、二つ、三つと続いた。宵闇《よいやみ》につつまれた長閑《のどか》な港が炎で赤く染まっている。

洋幸は多田に詰め寄った。スーツの肩口をつかむ。

「何をした!」

「漁師は漁船がなきゃ何もできないだろう？　おまえらの愚かな決定を覆《くつがえ》すために、掃《そう》除《じ》してやってるんだ」

多田は洋幸の手を振り払った。

「感謝しろ」

口角《こうかく》を上げる。

「ふざけるな！　こんなことが許されてたまるか！」

洋幸は事務所を飛び出した。達洋もおろおろと腰を上げる。

多田は大声で笑った。

「なんてことを……」

達洋は白髪をかきむしり、うなだれた。

「あんたらが素直に漁業権を渡さないからこうなるんだ。すべてはおまえのバカ息子のせいだ。恨むなら、夢しか見えないバカ息子を恨め」

低く呟《つぶや》いた多田は窓の外に目を向けた。

洋幸は港に急いだ。次々と漁船が燃える。青年部の若者たちも家から飛び出してきていた。スーツを着た男たちと競《せ》り合っている。

スーツの男たちは屈強だった。海で鍛え上げられた若い漁師をこともなげに殴り倒していく。

「やめろ、おまえら！」

洋幸は手前にいた男に後ろから殴りかかった。

後頭部に拳を叩き込む。骨が響き、男が前のめりになった。膝が崩れたところを男の前にいた仲間の漁師が思いきり蹴《け》り上げた。顎《あご》が跳ね上がる。男は口から血煙を噴き上げ、仰向《あおむ》けに倒れた。

「何が起こっているんだ！」

洋幸が叫んだ。

「わからん！　俺たちは爆発音を聞いて飛び出してきたんだが、スーツの連中が現われて次々と仲間を――」

Tシャツ姿の仲間の漁師が周りを見回した。

倒れている漁師仲間が、影絵のようにそこかしこで揺らいでいる。

新たな爆発音が上がる。スーツを着た男たちが、無事だった漁船にも次々と火を放っていく。放火を止めようとする仲間、消火作業に追われる仲間の漁師たちの混乱は増すばかりだった。

漁船が爆《は》ぜる音と怒号のなか、さほど広くない防波堤の内側は赤い絨毯《じゅうたん》で覆いつくされていく。

「警察に連絡を！　その後、事務所へ行ってくれ。親父が心配だ！」

「わかった！」

Ｔシャツ姿の漁師は事務所へ走っていった。

洋幸はなおもスーツの男たちを追った。その先頭に森下がいる。森下は右腕を上げ、指を差し、放火を指示していた。

「くそったれ！」

洋幸は森下に向け、全力疾走した。

スーツの男が行く手を阻《はば》む。洋幸は体勢を低くし、肩から男の腹部に飛び込んだ。男の腰がくの字に折れた。そのまま男を押し込み、弾《はじ》き飛ばす。男はよろけ、他のスーツ男二人を巻き込んで倒れた。

間隙を縫《ぬ》って、躍り出る。

「森下！」

洋幸は怒鳴《どな》った。

森下は眼鏡を押し上げ、駆け出した。洋幸は森下の背中を見据え、追った。洋幸を止めようと迫ってくるスーツ男を、仲間の漁師が食い止める。

森下は港の端《はし》に停《と》めていたモーターボートに飛び乗った。操縦士が乗っていた。森下が飛び乗ると、すぐにボートが発進した。海面がスクリューで泡立つ。ボートが猛烈な勢いでバックし、船首を沖合に向け反転させた。

洋幸は手前に停泊していた近海用の小型船舶に乗り込んだ。ワイヤーを引っ張り、エンジンを掛ける。白煙と共にモーターが起動した。スクリューを海面に落とし、舵《かじ》を取る。森下の乗ったモーターボートは、どんどん沖合へ出て行く。洋幸はエンジン全開で森下を追った。エンジンが焼き切れそうだ。が、逃がすつもりはない。

舳先《へさき》が波にぶつかり、跳ね上がる。船が大きく揺らぎ、身体が投げ出されそうになる。洋幸の乗っている船に明かりはない。モーターボートの明かりだけを頼りに、真っ暗な海を進む。毎日のように航行している洋幸でも、夜の操船は容易でなかった。

しかし、洋幸はかまわず進んだ。目の端に噴き上がる炎が映る。怒りが湧《わ》き上がってくる。陸から吹く風がボートを押し、速度が上がっていく。

「逃がさん！」

洋幸は、右に左にと蛇行するモーターボートの船尾を見据えた。

モーターボートは洋幸の小型船舶を引き離し、港湾の防波堤の外へ出た。

しかし、洋幸は慌てなかった。

遠州灘は太平洋に面していて、防波堤を出ると波が荒い。遠州灘特有の海鳴りは〝波小僧〟と呼ばれるほどだ。波の音が東南から聞こえてくる。天候が悪くなる証拠だ。外海は荒れている。

荒れた遠州灘の操船は、地元の漁師でも苦労する。森下たちのような素人《しろうと》が夜間に外海へ出れば、転覆しかねない。

洋幸はうねりを感じながら波を切り、外海へ出た。

案の定、モーターボートは速度を落としていた。高波に船体が右に左にと揺さぶられ、思うように進めていない。

洋幸の乗った小型船舶がみるみる間合いを詰めていく。波が割れる音の隙間にモーターボートのエンジン音がはっきりと聞こえるまでに近づいた。船影も見える。

洋幸は一気に迫ろうと右舷《うげん》に舵を切った。

と、モーターボートが明かりを消した。瞬間、四囲《しい》が闇に包まれる。

洋幸はスピードを落とした。真っ暗闇の中を進めば、衝突しかねない。いったん左舷に舵を取り、エンジンを停めた。波に揺られ、船体が浮かんでは沈む。

近くにいることは間違いない。が、モーターボートのエンジン音は聞こえない。エンジンを切っているのか、それとも波音に掻き消されているのか。判断が付かない。

闇に気配を探る。

すると突然、右横から強烈なライトを浴びせられた。一瞬、視界が飛ぶ。

モーター音が唸《うな》りを上げた。スクリューが水を掻き、泡立てる。波を切る音がした。ライトが迫ってくる。

洋幸もエンジンを掛けた。船が前進する。モーターボートの舳先が目の端に映った。

洋幸はデッキスペースに飛び、うつぶせになって身を伏せた。

モーターボートのビークヘッドが船尾に激突した。エンジンが砕け飛ぶ。船体が大きく傾いた。洋幸の身体が転がる。モーターボートはかまわず直進した。船尾に弾かれ、宙に浮く。

モーターボートのスクリューが砕《くだ》けたエンジンに触れた。火花が爆ぜた。

瞬間、燃料に引火した。

轟音《ごうおん》が海面を揺るがせた。火柱が上がる。洋幸の身体が闇に舞った。破砕したエンジンや船体の欠片《かけら》が肉体を貫《つらぬ》く。

洋幸の身体が暗い海に沈む。朦朧《もうろう》とする中、洋幸は必死に水を搔き、浮上した。水面から顔を出し、息を継ぐ。砕けた船体の一部にしがみつく。額《ひたい》が裂け、血が流れ出る。海水が染み、痛みが走る。

「くそう……」

洋幸はモーターボートを目で追った。ボートは防波堤の中へ戻っていく。

「待て……」

洋幸は海に沈んだ両脚を動かした。漁港へ戻ろうとしていた。

だが、まもなく洋幸の視界からモーターボートも港の炎も消えた。

第一章　漂流者

1

　普段は波も荒く、マリンスポーツのメッカとなっている遠州灘も、その日は春の陽光に煌《きら》めき凪《な》いでいた。

〝ポン〟こと栗島宗平《くりしまそうへい》は、〝クラウン〟こと伏木守《ふしきまもる》に誘われ、遠州灘沖のクルージングに来ていた。デッキのチェアーには伏木の他に、女の子が二人いた。

　一人は髪の長いスレンダーな長身美女、もう一人はショートカットの小柄な女の子だった。どちらも二十代前半らしい。二人とも色白の茶髪で、海には不似合いな化粧で顔を飾っている。もちろん伏木が誘ったのだ。

　昼をまわった頃である。伏木は女性とシャンパンを飲み交わし、楽しげに騒いでいた。が、栗島は彼女たちとの空気に馴染《なじ》めず、アンカーを下ろした後、操舵室《そうだしつ》の椅子《いす》に座り、波に揺られながらきらきらと輝く水面をぼんやりと眺《なが》めていた。

伏木が栗島を誘った理由は明快だった。栗島が一級小型船舶の免許を持っているからだ。頭数合わせついでの船頭というわけだ。

それが証拠に、伏木は洋上に出てからはずっと、栗島に見向きもせず、女の子たちを楽しませることに全精力を傾けている。

不慣れな手つきでバーベキューを焼き、グラスが空《あ》けばシャンパンを注《つ》ぎ、間が保《も》たなくなるとギターを片手に歌い出す。まるで伏木のワンマンショーだ。

栗島は、女の子には馴染めないが、伏木を見ているのは楽しかった。

女の子のご機嫌を取ろうと懸命になる姿は滑稽《こっけい》に映るが、栗島にはそのバイタリティーがうらやましく思えた。

それに、伏木が軽そうに見えて、実は肝心なところでは頼りになる存在だということも知っている。

もちろんそれは、口外できないことではあるが。

「米田《よねだ》君。君もこっちへ来て、何か摘《つま》まないか？」

伏木が栗島に声をかけてきた。

ここでは栗島は〝米田〟、伏木は〝青柳《あおやぎ》〟と名乗っている。伏木も栗島も他者を演じることには慣れていた。

栗島は微笑《ほほえ》みを返しただけで、操舵室から動かなかった。

すると、伏木が小走りに操舵室へ駆け上がってきた。天然パーマの頭に被《かぶ》った、潮風に飛ばされそうなダークグレーのリボンハットを手のひらで押さえ、顔を近づける。

「ポン。何やってんだ！」

「自分はいいですよ。クラウン一人で楽しんでください」

「いいよじゃない。そろそろ、僕一人じゃあ間が保たなくなってきているんだ。少しは協力してくれ」

「協力って。それはつまり、自分がクラウンの太鼓持《たいこも》ちをしろということですか？」

「あー、うーん……つまり、そういうことだ！　頼む。この通り！」

伏木は両手を合わせて、拝み倒した。

栗島は坊主頭を掻《か》き、苦笑した。こうしたなりふり構わない素直さも伏木らしい。

「わかりました。すぐに行きますから」

「サンキュー、ポン！　髪の長いほうは梨紗《りさ》ちゃん。ショートカットのほうは万里奈《まりな》ちゃんだから間違えるなよ。ちなみに僕は梨紗ちゃんを狙っている。そのあたりもお忘れなく」

伏木は栗島の腕を軽く叩《たた》き、急ぎ足で女の子の下へ駆け戻った。

栗島は操舵室の椅子から腰を上げた。操舵室はクルーザーの一番高いところにある。立ち上がるとさらに遠くまで水平線が見渡せる。両腕を上げて背伸びをし、空の碧《みどり》に溶《と》ける水平線を気持ちよさそうに見渡した。

「んっ……？」

栗島の目が波間の異物に吸いよせられた。

大木のような物がゆらゆらと揺れているが、木の幹とは何かが違う。栗島は航行する際に使うことがある双眼鏡を取り出した。中心軸のリングを回し、漂流物にピントを合わせる。輪郭が鮮明に表われた。

「これは……！」

栗島が双眸《そうぼう》を開いた。

人だった。何かの破片につかまり、波に揺られている。顔の付近を拡大する。男性だ。板のようなものに頰《ほお》を預けている。瞳を閉じていた。動く気配がない。意識を失っているのか、それとも死んでいるのか……。

栗島は双眼鏡を置いた。ライフジャケットを着込み、デッキに駆け下りる。

「おお、米田君。やっと来たね」

伏木が笑顔を向ける。

が、栗島は伏木の方を見ようともせず、救助用の浮き輪を持って、海に飛び込んだ。

「米田君！　どこへ行くんだ！」

伏木が声を張る。

「よねちゃん、カッコいい。服のまま飛び込むなんて。見た目と違ってワイルドだ」

万里奈が瞳を輝かせる。

「いいなあ。私も飛び込んでみようかな？」

梨紗が栗島を見つめ、髪の端《はし》を指で梳《す》いた。

「いや、あいつはちょっと変わったところがあってね。この時期の海水はまだ冷たいから、やめておいたほうがいいよ」

「でも、気持ちよさそうだよ」

万里奈は瞳を潤《うる》ませた。

「いやいやいや、あいつは肉襦袢《にくじゅばん》がしっかりしてるから大丈夫なだけだ。万里奈ちゃんや梨紗ちゃんのようなスタイルのいい子が飛び込んだら、一気に冷えてしまうよ」

伏木は船縁《ふなべり》からチェアーに戻り、クーラーに差したシャンパンを握った。

「どういうつもりかは知らないが、米田君は放っておいて、僕とシャンパンを飲みながら日光浴をしようじゃないか」

満面の笑顔で彼女たちを振り返る。

が、女性陣はずっと栗島を目で追っていた。

「何を考えてるんだ、ポンのやつ。戻ってきたら、説教だな」

伏木は顔を伏せ毒づいた。

栗島は波に押し戻されつつも、漂流物との間を縮めていった。小太りの輪郭が手のひらほどに小さくなる。

「あれ？　よねちゃん、何かを拾ったみたい」

万里奈が額《ひたい》に手のひらをかざし、沖を見やる。

伏木はシャンパンを持ったまま、船縁へ進んだ。帽子を目深《まぶか》に被《かぶ》り、沖に目を向ける。

万里奈が言う通り、栗島は大木のようなものの脇で立ち泳ぎをしていた。持っていった浮き輪を慎重にかけている。栗島は洋上で向きを変え、浮き輪を引っ張りながらクルーザーへ戻り始めた。

「あれ、人じゃない？」

梨紗がおそるおそる声にする。

伏木の眼差《まなざ》しが鋭くなった。目を細めて、浮き輪の中心を見据える。肉眼で確認できる距離だ。確かに人の頭が輪の中から突き出ていた。

「また、面倒を……」

「何か言った？」

梨紗が伏木を見やった。

「いや、人というのは穏《おだ》やかじゃないなと思って」

伏木はあわてて取り繕《つくろ》った。

栗島は波に乗り、ぐんぐんとクルーザーに近づいた。伏木の目にもはっきりと容姿が映っていた。男性だった。額に傷があり、血が固まっている。梨紗と万里奈はただならぬ様子の男性の姿を目にし、困惑の色を浮かべた。

栗島が船底まで戻ってきた。

「クラウン！　この人、まだ息がある。引き揚げて！」

「クラウン？」

梨紗が伏木に怪訝《けげん》そうな眼差しを向ける。

あのバカ……。胸の奥で舌打ちをする。

「ああ、あだ名でね。たまに、そう呼ばれることがあるんだ。ほら、僕はちょっと貴族みたいだろう？　だから、周りがそう呼ぶ時があってね。困ってしまうよ」

「ピエロもクラウンじゃなかったっけ？」

梨紗が真顔で言う。

「梨紗ちゃんはおもしろいなあ」

伏木は苦笑いを浮かべた。

「クラウン、早く！」

「わかったよ。待ってろ！」

伏木は手すり付きの梯子《はしご》を海面に落とした。階段の先端が水面を潜《もぐ》る。

栗島は階段に足を掛け、男性を浮き輪から引きずり出し、左肩に担ぎ上げた。手すりをつかんで男性を担いだまま上がってくる。

「よねちゃん、すごい！」

万里奈は黒目の濃い瞳を丸くした。

栗島は男性をデッキチェアーに寝かせた。炭の入ったバーベキューグリルを近くに置き、船室へ消える。

伏木は男性を見やった。歳《とし》は三十前後といったところか。顔には傷だけでなく、痣《あざ》もあった。衣服は切り裂かれた痕《あと》もあれば、焼けこげた痕もある。全身の至るところに傷を負っていた。

ただ事じゃないな、これは……。

梨紗がタオルを持って、男性の身体を拭《ぬぐ》おうとした。

「触るな！」

伏木はつい声を張った。

びくりとして梨紗の手が止まる。

「ごめんなさい……」

伏木は我に返り、愛想笑いを浮かべた。

「あ、いや。僕こそごめん。傷の様子がわからないから、むやみに擦《こす》ったりしないほうがいいと思ってね」

笑顔を見せるが、梨紗はすっかり意気消沈してしまった。

終わったな……。

心の中で伏木は泣いた。

栗島がありったけの毛布をかき集めて戻ってきた。二枚、三枚と重ねていく。男性は目を開かない。が、毛布を掛けるとかすかに呻《うめ》きが漏《も》れた。栗島はとりあえず胸を撫《な》で下ろした。頬が弛緩《しかん》する。

身体をもっと温めようと、バーベキューグリルを近づける。中の炭が動き、パチッと火が爆《は》ぜた。その瞬間、男性は眉間《みけん》に皺を立て、跳《は》ねるように身体をぶるっと震わせた。

栗島の顔から笑みが消えた。

「病院へ連れて行ったほうがいいんじゃない？」

万里奈が言った。

「そうだね。万里奈さん、彼の様子を見ておいてもらえますか？」

「はい」

万里奈は頷《うなず》き、男性の傍《かたわ》らに座った。

栗島は操舵室へ駆け上がった。伏木が栗島を追いかける。

「ポン。どこへ連れて行くつもりだ？」

「ともかく浜松へ戻ります。それから救急車を呼んで――」

「相変わらず、抜けてるなあ。手配はしておくから、船を戻せ」

「ありがとうございます」

栗島はアンカーを巻き上げるスイッチを押した。

伏木は栗島に顔を寄せた。

「その代わり、またクルーズする時は頼むぞ。今度こそ、僕に協力してくれ。余計な物を拾わずにな」

そう言い、操舵室の階段を下りた。栗島は伏木を見やり、クルーザーのエンジンを掛けた。

船尾に立った伏木は、携帯電話を取りだした。

「――もしもし、こちらクラウン。チェリーちゃん、元気かい？　ちょっと面倒なことをお願いしたいんだけど」

伏木は手短に状況を天羽智恵理《あまはちえり》に伝えた。

クルーザーが動きだす。

「――じゃあ、すまないけどよろしく。埋め合わせに食事を奢《おご》るよ。いらないって？　つれないなあ」

話の途中で、智恵理から一方的に電話を切られた。

「今日は散々だな」

伏木はため息を吐《つ》き、デッキへ戻った。

2

菊沢義政《きくざわよしまさ》は頬杖《ほおづえ》をついて、窓から外を眺めていた。

警視庁の壁面を飾る桜の樹には薄桃色の花が陽光を浴びて咲き乱れ、春風に撫でられては揺れていた。

「菊沢さん」

総務部長の山田《やまだ》が声を掛ける。が、菊沢はのほほんと桜の花を愛《め》でている。

「菊沢さん！」

山田の声が大きくなった。

菊沢は頬杖からずり落ち、顔を上げた。

「はい、何でしょうか？」

「何でしょうかではありません！　何をしているのですか、何を！」

「何をと言われますと、そうですね。今年の満開はいつ頃かなと予測していました。満開時には警備も大変なことになるでしょうから、その時期はいつだろうと」

とぼけた返事をする。

周りの女性職員や警察官がくすくすと肩を震わせる。

が、山田は怒り心頭だ。眦《まなじり》を吊《つ》り上げ、菊沢を見据える。

「そんなものは気象予報士に任《まか》せておけばよろしい！」

眼鏡《めがね》がずれる。多少乱れた前髪を手のひらで撫でた。

「毎日毎日、午後になると怠惰《たいだ》な欠伸《あくび》三昧《ざんまい》。正直、士気が下がるのですよ、あなたがいると」

「そんなことはありません。うちの若い警察官は優秀ですから。特に、総務部を仕切る山田部長の噂《うわさ》は私のかつての同僚からもいろいろと……」

「何を聞いているんだ?」

山田が眼鏡を指で押し上げた。

「たいした話ではないのですが。いずれ警視庁を取り仕切る人材の一人だろうという噂です」

「ほう」

山田の頬が思わず綻《ほころ》ぶ。

「なので、私は同僚に言っておきました。噂ではなく、本当にそうなるだろうと。それほどの逸材《いつざい》だと」

「そうか」

山田の顔の綻びが止まらない。

デスクの電話が鳴った。

「もしもし、総務部庶務課の菊沢です。はい……はい、わかりました」

手短に話し、電話を切る。

「部長。技術職員の加地《かじ》さんが、新年度に購入した備品のチェックを手伝ってほしいと言っているのですが」

「ああ、行ってきなさい」

「ありがとうございます」

菊沢は席を立った。

菊沢の背を見送りつつ、若い警察官が山田の脇に歩み寄る。

「部長。また、サボりに行くみたいですよ。いいんですか？　ここはビシッとひと言言っていただいたほうが」

さりげなく進言する。

と、山田は笑みを引っ込め、若い警察官を睨《にら》んだ。

「菊沢さんは備品のチェックに行ったんだ。仕事だよ、仕事！　同じ部署の職員を疑うとはどういう料簡《りようけん》だ！」

「すみません」

若い警察官がそそくさと自席に戻る。

「そうか。私が次世代の警視庁幹部候補として噂されているとはな……」

山田の口元が再び綻んだ。


本庁舎地下二階の空調管理室に足を運ぶと、加地荘吉《そうきち》が待っていた。

「おや、今日は若いのはいないのか？」

事務所を見渡す。

「また、菊沢さんが来ると聞いて、呆《あき》れて自分たちの仕事に行きましたよ」

「私たちの閑職ぶりも板に付いてきたな」

「本当に」

加地は目尻の皺を深くした。

いつも通りに空調室の奥へ進む。将棋盤を置いた長椅子を退《の》け、加地が壁左隅の穴にディンプルキーを差し込む。キーを取っ手にスライドドアを開けると、一部の者しか知らない第三会議《だいさんかいぎ》との専用連絡室が現われた。

「普段通り、二十分ぐらいで終わると思うので、見張りをよろしく」

「承知しました」

加地が頷く。

菊沢が中へ入ると、十畳ほどの部屋には自動的に照明が灯《とも》った。

中央に設《しつら》えられたデスクに腰を下ろし、モニターのスイッチを入れる。半円形に並んだ眼前のモニターに映像が映る。第三会議のメンバーだ。

第三会議は、警視庁暗殺部を統括する国家公安委員会の極秘の内部組織だ。岩瀬川《いわせがわ》亮輔《りようすけ》、通称〝ミスターD〟を中心とした警察トップが集《つど》う諮問機関である。

第三会議には二つの調査部があり、第一調査部が上げてきた事案を第二調査部が細かく調べ、それを基に第三会議がシロ、グレー、クロの三段階の判定を下す。

シロと判定された事案はそのまま所轄に戻され、グレーとクロ判定の事案は暗殺部に下りてくる。クロ判定の事案は、即処刑を実行。グレー判定の事案は、任された担当課のメンバーが事件を再調査し、悪質であればクロとみなして処刑を遂行する。

警視庁暗殺部には一課から三課まである。通称〝デリート〟と呼ばれ、通称の頭文字〝D〟を取り、一課はD１、二課はD２、三課はD３と呼ぶ。第三会議から下りてきた事案は、菊沢の判断で各課に振り分けられる。

処刑が実行されたあとは、暗殺部処理課が動く。遺体処理から監視カメラによる映像の有無、目撃者の有無など、ありとあらゆる事後処理を行ない、すべてを闇に葬《ほうむ》るのが役目だ。塵《ちり》一つ残らないほどの処理を行なうため、〝アント（蟻）〟と呼ばれる。アントは調査部や暗殺部の捜査を手伝うこともある。まさに裏組織の裏方だった。

真ん中のモニターに岩瀬川が映っていた。鷲鼻《わしばな》で、眼光鋭い壮年の紳士だ。岩瀬川のすぐ右のモニターにはきつね目をした細面《ほそおもて》の警察庁次長の喜多嶋《きたじま》が、左手には壮年女性の内閣府大臣政務官の塩尻秋子《しおじりあきこ》の顔が映る。

最左には長い黒髪の女性警察官・矢部忍《やべしのぶ》が映る。矢部は第三会議第二調査部の専任調査官だ。最右には警視庁副総監の瀬田登志男《せたとしお》がいた。

──菊沢君、久しぶりだね。

瀬田が声を掛けた。

「同じ庁舎にいるのに、なかなかお目に掛かる機会がなく、申し訳ありません」

──いやいや、君の任務は心得ている。

瀬田が微笑んだ。

──さて、早速、案件についての説明を。矢部君。

岩瀬川の声がスピーカーから響く。

最左の矢部が頷いた。

──みなさん、未処理案件の００２３６のファイルを開いてください。

矢部が言う。

菊沢はデスクに設置されているパソコンを操作し、第三会議専用のクラウドサーバーにアクセスし、未処理案件ファイルの中から、ナンバー00236のPDFファイルをクリックした。データが画面に表示される。

先頭ページには〈EMPリゾート開発における開発手法とマネーロンダリングに関する案件〉と記されていて、目次の下には〈グレー〉という文字が刻まれていた。

——一ページ目に概要が書いてあります。

矢部が続ける。

若きリゾート王と呼ばれている三十八歳の多田武志率いるEMPリゾート開発は、太平洋側の海岸線を中心に次々とリゾートホテルを建設し、成功を収めている。

多田がリゾート経営に着手したのは五年前からで、ホテル建設が本格化し始めたのは三年前からだった。

それだけを見れば、新しいレジャー王が誕生しつつある成功事例の一つに過ぎない。

——ただの地上げ事案じゃないの？

塩尻秋子が、菊沢も感じていた疑問を口にする。

——それだけなら問題はなかったのですが、本題は二ページ目からです。

矢部に促され、ページをスクロールする。

まず、多田武志の経歴が記されていた。

多田武志の父は元福岡県議会議員の多田朗人《あきと》だった。多田は国政にこそ参画していないものの、福岡県での力は絶大で〈影の知事〉とも呼ばれていた県政の大物である。県下有数の多田建設を一代で築き、その利益を政治に注《そそ》ぎ、福岡県のみならず九州一円を網羅するほどの一大企業に育て上げた。その手腕は経済界で一目置かれている一方、強引な開発や暴力団との癒着《ゆちゃく》の噂が後を絶たない、限りなく黒に近い人物でもある。多田は現在、政治の地盤を長男の和志《かずし》に、多田建設は次男の豪志《つよし》に譲り、事実上引退しているが、未だなお、多田朗人の威光は九州の政財界で幅を利かせていた。

——三男の武志は、父親から何も受け継いでいないということか？

瀬田が訊《き》く。

——表向きにはそういうことになりますが、EMPリゾート開発のホテル建設には多田建設の子会社も絡んでいますので、無関係ではないでしょう。しかし、問題はそこではありません。三ページ目から通してご覧ください。

矢田が新たな問題点を上げる。

菊沢は、三ページ以降にザッと目を通した。

EMPリゾート開発は、かなり強引な手法でリゾート候補地の土地を買収していると記されていた。EMPリゾートが取得している土地ではトラブルが絶えない。暴力団まがいの人間に脅《おど》されたとか、漁船を焼き討ちにされたという報告もある。しかし、その実態は多田朗人に揉《も》み消され、うやむやになっているようだ。

さらに、資金についても、マネーロンダリングの疑惑がかけられている。

「このEGIという投資会社は？」

菊沢が訊いた。

――イースト・グローバル・インベスティメンツという外資系の投資会社で、本社の住所はシカゴになっていますが、実体が知れません。現在、ICPO《国際刑事警察機構》に問い合わせていますが、回答はまだです。

――EGIからの投資はかなり巨額だね。

喜多嶋が言う。

――はい。この三ヵ月に百億もの投資を行なっています。EGIについては、マネーロンダリング対策室捜査第一係も動いていますが、捜査に当たっていた野沢真也《のざわしんや》警部補と連絡が取れなくなっています。何らかのトラブルがあったと考えたほうがいいかと。

矢部は答えた。

――EGIの資金に多田朗人が絡んでいるということかしら？

塩尻が再び訊いた。

――そのあたりも定かではありません。多田朗人がEGIと通じているのか、あるいは、多田武志が独自でEGIと結託しているのかは何とも……。

矢部が言葉を濁《にご》す。

「マネーロンダリング対策室や第三会議の調査部が動いても、ＥＭＰリゾートを取り巻く相関図が見えてこないということですか？」

菊沢が重ねて訊いた。

――端的に言えば、そういうことになります。多田朗人が三男武志のバックについて、資金洗浄の片棒を担いでいるとみて調査をしたのですが、どうも、そうした単純な図式ではないようです。

「つまり、我々は多田武志の背後関係を特定し、差し戻せばいいということですね？」

菊沢が確認するように口にした。

――そういうことだ。異議のある方は、手元の審議ボタンを。

岩瀬川が言う。

菊沢はモニターを見やった。審議の文字は現われない。

――では、本件はグレー判定で暗殺部に委譲する。菊沢君、よろしく頼む。

岩瀬川のモニターが消えた。次々とモニターが消えていく。

菊沢はＰＤＦデータをダウンロードし、部屋を出た。

3

栗島と伏木は浜松市内にある浜松第一病院にいた。

漂流していた男は個室に入院させられていた。伏木は部屋の隅で浜松中央署捜査一課の捜査員と話していた。栗島はずっとベッドサイドに付き、男の様子を見つめていた。

男は全身に包帯を巻かれていた。口元は酸素マスクに覆われ、左腕には点滴の管が刺さっている。まだ眠ったままだが、時折り苦しそうに呻き声を漏らす。

栗島と伏木は、同室で事情聴取を受けていた。二人は交代で、発見時の詳細とその後の様子を捜査員に語った。

伏木が話し終えると、捜査員が立ち上がった。

「では、この男性の身元調査は我々が引き受けるということでよろしいですね？」

「もちろんです」

伏木が言う。

「承知しました。本署に戻り手配をしてまいりますので、しばしここでお待ちください」

「よろしくお願いします」

頭を下げる。

捜査員が病室を出る。伏木はその背を見送り、栗島の脇に歩み寄った。

「ポン、そういうことだ。あとは所轄に任せて、僕たちはホテルへ戻ろう。梨紗ちゃんたちも待っているだろうし」

「ねえ、クラウン。もう少しここにいていいですか？」

伏木を見やる。

「おいおい。彼のことはもう所轄に任せてだな」

「気になるんですよ」

栗島が男に目を向けた。

「気がつきませんでした？」

「何をだ？」

「バーベキューグリルの炭が爆ぜた時、彼はほとんど意識もないのに体を震わせました」

「それは僕も気づいたが……」

「何かを抱えているんですよ、彼は。僕にはわかります」

栗島が言う。

伏木は両眉を上げ、息を吐いた。

栗島は男を見ながら、自分の過去を思い出していた。

自衛官だった彼は、ＰＫＯ部隊の工兵としてイラクに出向いた。橋梁《きょうりょう》の構築や道路整備といった任務だった。戦闘というよりは、地元貢献の意味合いが強い役割だ。

むろん、部隊が派遣されているのは戦地だ。当時の首相は自衛隊の活動している地域が非戦闘地域だなどと虚言を弄《ろう》したが、安全な地域などないに等しかった。それでも日本の自衛隊は、住民には概《おおむ》ね好意的に受け入れられていた。

しかし、栗島は工兵として移動していた時、イラク南部のバスラ郊外で自動車爆破テロに遭遇した。

日本の部隊が襲われたわけではなかった。が、日本の部隊を警護していたUN《国際連合》部隊は銃を構え、敵が潜んでいると思われる場所に機銃を掃射《そうしゃ》した。

敵の反撃はなかったものの、近くでまた別の自動車が爆発し、栗島たちは急いでベースキャンプへと舞い戻った。

無傷で戻ってきた。だが耳をつんざいた爆発音は消えなかった。自分が戦場に赴いているという自覚はあった。それでも、たった一度の爆破事件は、栗島に、そこが戦地であるということを強く知らしめ、恐怖心を植え付けるには充分な出来事だった。

栗島は工兵としての役割を全《まっと》うしようとした。しかし、それ以来、表に出るのが怖くなった。車に乗り、ベースキャンプのゲートを出ようとすると、激しい動悸《どうき》を覚え、車の中で気を失うこともあった。

キャンプ近くの住民に救援物資を届けていた時も、現地の人々のことがひょっとすると敵かもしれないと思えて、体の震えが止まらなくなった。

異変に気づいた部隊長は、急遽《きゅうきょ》、栗島を帰国させた。

栗島は自己嫌悪に陥《おちい》った。

もう一度、イラクへ戻ろうと、早期に現場へ復帰もした。

だが、銃声や砲声を聞くと足が竦《すく》んだ。そのうち、夜営時の薪《まき》が爆ぜる音や静電気にまでびくつくようになり、栗島は現場復帰をあきらめ、退官した。

以後、家に引きこもった。部屋にいる時も、ガスコンロの着火音や蛍光灯の点灯音にすら悩まされた。

そんな栗島を救ったのは、〝ファルコン〟こと周藤一希《すどうかずき》だった。

君の腕を買いたいと言われた時は、正直、戸惑った。

栗島は、しばらくの間、返事を放置した。保留でなく放置だ。仕事が暗殺だと聞き、再び人が生き死にする現場で働くのかと思うと、動悸が止まらなかった。連絡を断てばあきらめるだろうと思っていた。

だが、周藤はあきらめなかった。足繁《あししげ》く、栗島の家に通った。接見を拒否した時は、栗島の玄関先の通路に座り込み、自分の話をして帰って行った。

栗島自身、すべてから逃げ、引きこもっていることがいいことだとは思っていなかった。しかし、社会へ復帰するきっかけを失っていた。自室に籠《こ》もるほど、外へ出るのが怖くなる。怖くなるとさらに表へ出られなくなり、恐怖が恐怖を呼び込んでしまう。

本来なら、放置されるか、引きずり出されるかなのだろう。

だが、周藤は違っていた。

どちらでもない。根気よく栗島の許《もと》へ通い、自分の話をすることで栗島の心を解こうとしていた。

ある時、周藤が警察官を辞《や》めた理由を聞いた。

栗島はその時初めて、周藤に近い何かを感じた。

自分だけが苦しんでいると、どこかで思っていた。しかし、それは違う。周藤も自身の胸中に癒《い》やしがたい傷を抱きながら、それでも前に進もうとしている。

やがて栗島は周藤と対面し、直接話をした。口下手《くちべた》な栗島を周藤は決して急《せ》かさず、話をじっくりと聞いてくれた。

そして、言った。

『俺と一緒に過去を乗り越えないか』

うれしかった。〝一緒に〟という言葉が胸の奥に刺さった。

栗島はその言葉で、暗殺部への参画を決意した。

「つまり、トラウマを乗り越えていく時、同じ境遇にいる誰かが手助けしてあげないと立ち直れなくなるんですよ。彼がどの程度のものを抱えているのかわからないけど、せめて、目が覚めた時くらいはここにいてあげたいんです」

昔の自分を思い出しながら言う。

伏木は優しい眼差しを向けた。

「つまりを出されちゃ仕方がないな。僕は女性陣が気になるから、先にホテルへ戻っているよ。彼女たちも警察署で事情聴取されるなんて初めてだろうし、少なからず動揺しているかもしれないからね」

「そうですね。そうしてください」

栗島が優しく微笑む。

伏木は栗島の背を見つめて微笑み返し、病室を出ようとした。

スマートフォンが鳴った。伏木は足を止め、スマホを取り出した。ディスプレイには天羽智恵理の名が表示されていた。

「もしもし、チェリー。クラウンだよ。デートの誘いかな？　ああ……そっか。わかった。まだ浜松にいる。三時間弱で戻れると思うよ。じゃあ」

伏木が電話を切る。

「ポン。予定変更だ。召集がかかった」

「行かなきゃまずいですか？」

「仕事だからな。休暇は終わりだ、残念だが」

伏木が栗島の肩を叩く。

栗島は渋々《しぶしぶ》席を立った。

4

西新宿の第一生命ビル十五階にあるD1オフィスには、警視庁暗殺部一課の面々が顔を揃《そろ》えていた。菊沢の顔もある。

連絡を受けて三時間が過ぎた午後六時頃、伏木と栗島はようやくオフィスにたどり着いた。陽も落ち、周囲のビルの窓には明かりが灯っている。

「すみません。遅くなりました！」

伏木がオフィスに飛び込んだ。その後ろから、顔をうつむけた栗島が入ってくる。

「いやいや、どうもみなさんをお待たせしてしまって」

伏木はへらへらと笑い、天羽智恵理のデスクに歩み寄った。

「チェリー、面倒かけたね。お土産《みやげ》」

手に持ったビニール袋を置く。

「何これ？」

智恵理は菓子折りを取り出した。

「浜松といえば、うなぎパイでしょう。仕事に関係ないことで世話になったから、ほんのお礼だよ」

そう言い、顔を近づける。

「うなぎパイは夜のお菓子と言うんだ。精を付けて、今晩僕と――」

「はいはい、セクハラ」

智恵理はにべもなく、菓子折りで伏木の顔を叩いた。

「相変わらず、つれないなあ……」

伏木は顔をさすりながら、ソファーに腰を下ろした。

「本当に懲《こ》りない人ね」

デスクのイスに腰かけていた真中凛子《まなかりんこ》が冷ややかに伏木を見やる。

栗島は奥のデスクに腰を下ろした。顔をうつむけたまま、小さくなる。

「クラウン。例の男性はどうした？」

菊沢が訊いた。

「所轄に事情を話して預けてきました。まだ目覚めてはいませんが問題ないと思います」

神馬悠大《じんばゆうだい》が笑う。

「クラウンが人助けとは、春の雪でも降りそうだな」

「僕は実に人道的な紳士だよ」

「もう笑わせないでくれ。ポンはどうした？」

神馬は奥のデスクに目を向けた。

栗島は顔を伏せたまま、かすかに微笑んだ。伏木が神馬に顔を寄せる。

「彼には彼の悩みがある。放っておいてあげてよ」

「ふうん」

神馬はソファーに深くもたれ、脚を組んだ。

「はいはい、サーバル、おしゃべりはそこまで」

智恵理が伏木と栗島にタブレットを渡す。

「ポン、クラウン。00236のファイルを開け」

周藤一希が本題に入った。

伏木と栗島はタブレットを指で操作し、当該PDFファイルを開いた。

「よし、全員揃ったな。では、今回のミッションを説明する。今回はEMPリゾート開発という会社の背後関係を調査してもらいたい」

「またグレー判定かよ」

神馬がぼやく。

「何か不服か？」

菊沢が神馬を見やった。

「いや、一課はグレー事案が多いなと思ってさ」

「それだけ、君たちの調査能力が優れているということだ」

菊沢はさらりと返した。

神馬はため息を吐いて、脚を組み替えた。

「EMPリゾートというのは？　欧州地中海パートナーシップと関係があるのかしら」

凜子が訊く。

「いやいや、違う。El Mare Pacificum の略。ラテン語で平和の海という意味だ」

「マゼランが命名した太平洋のことですね」

周藤が言う。菊沢が頷いた。

「EMPリゾートの背後関係とは？」

周藤が訊く。

「このリゾート会社の社長・多田武志は福岡の元県議・多田朗人の三男で、政財界との繋《つな》がりを疑われている。また、かなり強引な手法で土地買収を行なっているようだが、表沙汰にはなっていない」

「多田武志の背後に、多田朗人に関係する政財界、及び暴力団が関わっていると？」

「いや、事はもっと複雑らしい」

菊沢が眉根を寄せる。

「このＥＧＩという会社のことかしら」

凜子がタブレットを見ながら言った。

「そうだ。ＥＭＰリゾートには、そのイースト・グローバル・インベスティメンツから多額の融資が為《な》されている。本社はアメリカにあるようだが、ＥＧＩの実態もよくわかっていない」

「でも、三カ月で百億は多いわね」

「そういうことだ。また、ＥＧＩを内偵していたマネーロンダリング対策室捜査第一係の野沢真也警部補が行方不明になっている」

野沢のプロフィールが追加されていた。三十七歳で、交番勤務を経《へ》た後、犯罪対策部総務課に設置されたマネーロンダリング対策室捜査第一係に配属されている。銀縁《ぎんぶち》の眼鏡を掛け、さらさらの黒髪をナチュラルに刈っている顔貌《がんぼう》は銀行員さながらだが、第一係に十年以上勤務するベテランの専任捜査官だった。

「ＥＭＰリゾートの問題とＥＧＩの事案はリンクしているということですか？」

伏木が訊く。

菊沢は伏木に目を向けた。

「それも判明していない。接点は、ＥＧＩがＥＭＰリゾートに多額の投資をしているという点のみだ」

「調査部の調査能力を疑うねえ」

神馬が失笑を滲《にじ》ませる。

「そう言うな。調査部も限られた人数で複数の案件を受け持っている。手が回らない部分もある。だからこそ、君たちのように信頼できる人間に実務を任せるのだ」

菊沢が神馬に笑みを返す。

神馬は両眉を上げ、タブレットに目を戻した。

「ということは、ＥＭＰリゾートとＥＧＩの両面を調査するということですね？」

周藤が話を戻す。

「方針は君たちに任せるが、いずれにしても双方を調べることになるだろう」

「わかりました」

周藤は頷いた。

会議の最中、伏木の携帯が鳴った。ディスプレイを見る。浜松中央署からだった。

「ちょっと失礼」

伏木は席を立ち、オフィスの端に行き、携帯を耳に当てる。

「先ほどはどうも。はい……はい、そうですか。それはよかった。よろしくお願いします」

手短に話し、電話を切る。

「ポン。例の男が目を覚ましたそうだ」

「よかった……」

栗島は目元を弛《ゆる》ませ、息を吐いた。

「では、ファルコン。あとはよろしく」

菊沢はタブレットを置き、オフィスを後にした。

周藤は席を立ち、ホワイトボードの前に立った。マーカーを取り、菊沢から聞いた話とPDFファイルに書かれていたことを整理し、ボードに記していく。

「簡略化すれば、今回の件はこういう図式になる」

周藤が一同を見やった。

ボードにはEMPリゾートの多田武志に関する関係図とEGIに関係する図式が左右別々に記されていた。EMPリゾートとEGIの間に〝融資〟と記した真一文字の線だけが引かれている。

「EMPリゾートとEGIの関係性は、それだけということ?」

凛子が訊く。

「今のところ、資料からはそうとしか読み取れない」

「マネーロンダリングの線は?」

智恵理が訊いた。

周藤は智恵理に目を向けた。

「関係しているかもしれんが、今この時点でEGIのマネーロンダリングにEMPリゾートが絡んでいると断定するのは無理がある」

「百億も出しているのにか？」

神馬が疑問を口にした。

「通常の不動産融資からみれば巨額なことには違いないが、無理な土地の取得、矢継《やっ》ぎ早なリゾートの建設と運営、その後の人件費や光熱費等の諸々の営業維持費用を考えると、百億という金額は決して多くないかもしれない」

「どんだけバブルなんだよ」

神馬が失笑する。

「でも、ファルコンの言うことも一理あるわ。今、外資はロシアやインド、中国などのいわゆるBRICS五カ国に投資していたんだけど、経済成長が思ったより伸び悩んでいる上に中国のように政情不安定なところが多いので、新興国への投資を手控えている事情があるの。そこでだぶついたお金が日本へ流れてきてもおかしくはないわね」

「BRICSへの投資はそんなに危ないのかい？」

伏木が訊く。

「ロシアはまだエネルギー分野に関しては堅調だけど、中国はかなり問題ね。人件費も上がって世界の工場は東南アジアにシフトしているし、環境汚染や政情不安は投資を控えるには充分な材料よ。先日の防空識別圏の問題も投資にはマイナス要因だったわね」

「BRICS以外の優良な投資先は？」

伏木が立て続けに質問する。

「クラウン。投資しようとしているのではないだろうな？」

周藤がじっと伏木を見据えた。

「あ、いや。友人に投資に熱心な者がいるので、ちょっと教えてあげようかと」

愛想笑いを浮かべる。

「一応、念を押しておくが、我々の対外的身分は地方公務員なので、株式投資に関しての制限はない。が、暗殺部の職務で得た報酬を投資へ回すことは禁じられている」

「わかってますって。別に金には不自由してないんで、禁を犯してまで儲《もう》けようなんて思わないよ。やだなあ、ファルコンも」

乾《かわ》いた笑いを放つ。

メンバーが冷たい視線を送る。伏木は笑みを引っ込め、うなだれた。

「とりあえずは、EMPリゾートとEGIを別々に探ってみるしかないですね？」

智恵理が本題に戻した。

「そういうことになるな。そこで、リヴはEGIに、クラウンはEMPリゾートに潜入し、情報を集めてもらいたい」

「わかったわ」

凜子が頷く。

「クラウンは？」

周藤が伏木を再び見据える。

「はいはい。どこへなりと潜入させていただきますよ」

伏木は顔を上げ、何度も頷いた。

「野沢ってやつの件はどうするの？」

神馬が訊く。

「今はいい。標的はＥＭＰリゾートだ。ＥＧＩが単にＥＭＰリゾートに投資しているだけなら、俺たちの調査目的からは除外される。野沢警部補の捜索は失踪事案なので他部署の仕事だ」

「相変わらず、クールだね」

神馬は微笑んだ。

「チェリー。君は多田朗人と多田武志が築いた政財界関係者との繋がりを割り出し、まとめておいてくれ」

「わかりました」

智恵理が頷く。

「あの……」

それまで黙っていた栗島が口を開いた。

「どうした、ポン？」

周藤が笑みを向ける。

「つまり、リヴとクラウンの調査がある程度形になるまでは、僕の仕事はないということですよね？」

「そうだな」

「であれば……浜松で助けた男性のそばに付いていてあげたいんですが、いいですか？」

「おいおい、ポン。彼の件は所轄に任せただろう。仕事も始まってるんだぞ」

伏木が口を挟む。

「それはわかってますけど……。どうしても気になるので」

「わかった。特別に許可しよう」

「おいおい、ファルコン……」

伏木が渋い顔をする。

「ただし、条件が二つある。一つは、Ｄ１の仕事が入った際は必ず優先すること。もう一つは、サーバルと共に行動すること」

「ちょっと待てよ、ファルコン。おれがポンに付き合えっていうのか？」

「おまえにもまだ出番はない。ポンに付き合ってやれ」

「なんだよ。本格化するまで遊んでいようと思ったのに」

「ごめんね、サーバル。でも、できれば付き合ってほしい。この通りです」

栗島はデスクに両手をついて、頭を下げた。

神馬は息を吐いた。

「頭を下げられちゃ、仕方ないな」

「ありがとう、サーバル！」

栗島が笑顔を見せた。

神馬は右手の人差し指で小鼻を掻いた。頬にはまんざらでもない笑みがかすかに滲む。

周藤は神馬の表情を見て、目を細めた。

「以上だ。さっそく動いてくれ」

周藤は会議を締《し》めた。

5

ＥＭＰリゾート開発の東京支社は、品川《しながわ》駅から十分ほど東進した東京湾に面するビルの一室にあった。本社は福岡にある。だが、多田武志はほとんどの時間を東京支社で過ごしていた。

ガラス窓から望む東京港は、ライトアップされた港南大橋《こうなんおおはし》と周りを取り囲むビル群の明かりに暗い水面を彩《いろど》られ、揺れていた。

多田武志は社長室で夜景を愛でつつ、ウイスキーを傾けていた。

隣には総務部の女性社員がいる。茶色に染めた髪は先端までカールされ、胸元が大きく開いたグレーのタイトなスカートスーツを着ていた。インナーのブラウスのボタンも第三ボタンまで外れ、谷間と下着がちらりと覗《のぞ》いている。

差し向かいには部下の森下が、その隣には寺内《てらうち》という中年男性が座っていた。四角い黒縁の眼鏡を掛けた薄毛の冴《さ》えない男だ。多田や森下が外国製のスタイリッシュなダークグレーのスーツに身を固めているのに対し、寺内は量販店で揃えたようなグレーのよれたスーツを着ていた。

「しかし、相変わらずうるさい連中ですな」

寺内は水割りをちびりと舐《な》めた。

「言わせておけばいい。所詮《しょせん》、貧民の自己満足な空騒《からさわ》ぎだ」

多田は鼻で笑った。

終業前の夕方五時頃、ＮＰＯ〈地球《ちきゅう》の緑《みどり》を守《まも》る会〉の会員七名ほどが、東京支社に押しかけてきていた。

〈地球の緑を守る会〉は、野党社会自由党《しゃかいじゆう》の岩橋直樹《なおき》衆議院議員と帝林大学環境工学部教授の及川徳治《とくじ》が中心となって設立した環境保全団体で、リゾート開発やゴルフ場の建設現場に出向いては抗議活動を行なっている。

議員と大学教授主導の組織なので、表立って過激な抗議活動をすることはないが、会員の中には狂信的な環境保全家もいて、時折り、行き過ぎた抗議活動でトラブルを起こすこともある。

同会に一度目を付けられると開発を断念するか、それ相応の条件を呑《の》むか以外、彼らを排除する手立てはない。そのしつこさは、建設業界で〝陸のシーシェパード〟と揶揄《やゆ》されるほどだ。

特に、創設者の一人、岩橋直樹は三十八歳ながら党の環境問題審議会の代表を務《つと》めるなど、環境問題のエキスパートとして売り出し中の若手議員で、急進的な舌鋒《ぜっぽう》の鋭さは市民団体のみならず、若者の支持も集めている。それだけに厄介な存在だった。

多田は寺内らと共に社長室に詰めていたが、居留守を決め込み、対応は総務部の社員に任せた。NPOの会員たちは一時間ほど抗議をし、会社から去って行った。

このところ、EMPリゾートもターゲットにされていた。東京のみならず、福岡本社へ抗議活動に来ることもある。

が、多田は社員に対応させるだけで、特に手は打っていなかった。

「老婆心《ろうばしん》ながら。虫が騒いだところでどうこうなるとは思いませんが、あまり騒がれると、役所内でEMPリゾート慎重論が出始めるでしょう。そうなると少々厄介なので、今のうちに手を打っておかれたほうが」

「考えてある」

多田はグラスのウイスキーを飲み干した。

隣の女がウイスキーを注ごうとする。多田はボトルを女の手からひったくった。

「おまえはもう帰っていいぞ」

「えー、このあとの食事は？」

「また今度だ」

「つまんないの」

女はふくれっ面《つら》で席を立った。香水の匂いを振りまき、尻を揺らして社長室を出て行く。女は腹立ち紛《まぎ》れにドアを思いきり閉めた。

「ついでに申し上げますが、ああいう女との付き合いも考慮なさったほうが」

寺内はドアロを一瞥《いちべつ》した。

「心配ない。金で買っているだけの女だ。手切れ金を弾《はず》めば、文句も言わない」

多田はウイスキーを呷《あお》った。口辺にこぼれた滴《しずく》を手の甲で拭う。

寺内はかすかにため息を吐いた。

「あんたは心配しすぎなんだよ。農水省の役人ともあろう者が」

「役人の世界に長く身を置いているからこその助言です。いつどこで、足下をすくわれるかわかりませんからね」

「役人の話だろう？　俺は違う」

ソファーに仰《の》け反《ぞ》り、脚を組む。

寺内は手を揉んでうつむいた。しばし瞳を閉じ、顔を上げる。

「まあ、いいでしょう。ＮＰＯの対策とはどのようなものですか？」

「簡単な話だ。飴《あめ》で言うことを聞かなければ、鞭《むち》で言うことを聞かせる」

「金と暴力で懐柔するということですか……」

「代表の岩橋は議員。及川は大学教授だ。地位も名誉も得ている人間は、必ず金と暴力で落ちる。あんたも散々、そうした輩《やから》は見てきただろう」

「それは否定しませんが。岩橋はともかく、及川がはたして金と暴力で落ちるかは疑問ですよ。学者肌の人間の中には、時に飴にも鞭にも尻尾を振らない者がいる。及川がそういう人物であれば、かえって問題をこじれさせます」

「本当に、あんたら役人という人種は何もわかっちゃいないな」

多田が脚を解いた。身を乗り出し、テーブルにウイスキーの瓶《びん》を叩きつける。

木板を打つ音が立った。寺内はびくともしない。隣の森下も眉一つ動かさなかった。

「大学教授と威張《いば》ったところで、それは働く大学と学費や補助金があって初めて成り立つ職業だ。大学から追い出されたり、受講する学生がいなくなったり、研究費が下りなくなったりしたらどうなる？　学者なんてのは、企業と絡まなければ何も生み出さないただの無駄飯食いだ。五十を過ぎて、ただの無駄飯食いに追い込まれたらどうする？　しばらくは蓄《たくわ》えで生きられるだろうが、それも二年と保つまい。そこに札束を積んでみろ。人間なんざ、貧《ひん》すれば鈍《どん》する生き物だ。この真理は人間が滅亡するまで変わらない」

多田は再び仰け反り、高笑いを放った。

「岩橋もそうだ。議員なんて人種は選挙で当選しなければただの無職者。環境のエキスパートだか何だか知らないが、理念だけで続けられるほど政治家は甘くない。そうだろ、寺内さん？」

勝ち誇ったように片頬を吊る。

「そう単純なものでもないと思いますが……」

「それが悪いんだって。世の中のほとんどの事象は実に単純なものだ。それに理屈を被《かぶ》せて、体裁を繕おうとするから勝手に難しくなる。あんたも有象無象《うぞうむぞう》の世界を見てきたかもしれないが――」

多田は顎を上げ、寺内を見下した。

「俺は生まれてこの方、三十八年もの間、最悪の有象無象を見てきたんだよ。多田朗人という最悪の政治家をな」

ウイスキーを呷る。

多田は上体を起こし、グラスを静かにテーブルに置いた。

「NPOの話はもういい。ところで、遠州中央漁協の漁業権はどうなっている？」

「それが、少々難航していましてね」

寺内は眉根を寄せた。

「難航とは？」

「漁業許可証は磯部達洋の息子、洋幸が一括管理をしていたそうで、預かった許可証はどこかの貸金庫に預けているようです。が、その鍵のありかは洋幸しか知らないらしく、どこの銀行の貸金庫に預けているのかすらもわからない状況です」

「おいおい、そんな戯《ざ》れ言《ごと》を信じているのか？」

多田が失笑する。

寺内は真顔で多田を見つめた。

「戯れ言ではないから困っているんです」

語気を強める。

多田の顔から笑みが消える。

「磯部の住まいに預り証などがあるはずだが」

「もちろん、家捜しはしました。だが、何一つ出てこない。洋幸はこういう事態を想定して、巧妙に隠したようで」

寺内は水割りで口を湿らせた。

「だったら、洋幸本人に口を割らせれば——」

「あなた方が殺してしまったのでは」

寺内は眼鏡の奥から多田を睨《にら》んだ。その眼光は、くたびれた中年役人とは程遠い鋭さだった。

「個別に切り崩すことはできないのか？」

多田が訊いた。

寺内が首を振る。

「遠州中央漁協は組合管理漁業権を取得しています。経営者免許漁業権ではないので個別の切り崩しには意味がない」

寺内は言った。

漁業権には〈経営者免許漁業権〉と〈組合管理漁業権〉の二種類がある。

経営者免許漁業権というのは、文字通り、漁業を営む個人に与える免許だ。この場合は、個人に漁業を廃業させれば、免許はその効力を失う。

一方、組合管理漁業権というのは、漁業協同組合が許可を得て、組合員に漁業ができる行使権を与える免許だ。組合が法人化されている場合は、法人に対し漁業許可証が発行され、組合が解散、または廃業しない限り、その一定区画で行なわれる漁業については永続することとなる。

「遠州中央漁協は昨年免許を更新したばかりです。その際、共同漁業権を取得しているので、あと九年は手が出せない」

「九年は待てないな」

多田は腕組みをし、宙を睨んだ。やや間を置いた後、やおら寺内を見やる。

「漁船は先日の火災で焼失した。新たな漁船を登録しなければ漁業はできない。のらりくらりと引っ張って、一年以上休業させ、知事に許可を取り消させるというのは？」

多田が言う。

寺内は再び、首を横に振った。

「それは強引すぎる。漁業調整委員会の聴聞で休業理由を述べれば、九分九厘、再操業は認められるだろう。つまり、今回はあなた方がやり過ぎたということです」

寺内は多田を見据えた。

多田が奥歯を嚙《か》む。

「警察も漁船放火事案として捜査をしている。いずれ、磯部洋幸の遺体が上がれば、傷害致死、あるいは殺人事案として捜査されることになるかもしれない。今、表立って動くのは自殺行為だ」

「その磯部洋幸の件ですが」

森下が口を開いた。

「生きているという話があるんです」

「本当か！」

寺内は森下に向いた。多田も森下を見やる。森下は眼鏡の蔓《つる》を指の腹で押し上げた。

「浜松のマリーナに戻ってきたクルーザーから運ばれた男が磯部洋幸に似ていたという証言を得ています」

「生きていたのか、あのガキ……」

多田は拳を握り締めた。

「運ばれたというのは病院か？」

寺内が訊く。

「はい。浜松第一病院です。本人かどうかは特定していませんが、警察官が出入りしているところをみると、何らかの事件性があるものとみているのでしょう。クルーザーで運ばれたということは、漂流していたところを助けられたと考えるのが妥当かと」

森下は抑揚のない声で答える。

「すぐにヤツを捕らえてこい！」

多田が声を張る。

が、寺内が右手のひらを上げて制した。

「警察官が出入りしているとなると、病室は護衛されていると思ったほうがいいですね。意識が戻っていれば、遠州中央漁港で起こったことを話しているかもしれない」

腕組みをし、眉間に皺を寄せる。

「ちょっと、私のほうで情報を集めてみます。動くのはそれからにしていただけますか？」

「そんな悠長なことしてないで、一気にカタを付けてしまえばいいだろう」

「その結果が、今回の事態を招いているのではないですか、武志さん」

寺内は静かに見据えた。

有無を言わせぬ眼力に、多田が息を呑む。

「ともかく、私からの報告があるまでは動かないでください」

そう言うと、寺内は席を立った。振り返ることなく、社長室を出る。

ドアが閉まると、森下は多田に目を向けた。

「社長、どうしますか？　私は社長命令に従いますが」

「……今は待機していろ」

多田は寺内の残像を睨みつけ、歯ぎしりをした。

6

磯部洋幸は薄暗い病室でぼんやりと宙を見据えていた。

一時間ほど前に、完全に意識を取り戻した。医師や看護師の他に警察官が顔を覗かせた。制服警官もいれば、私服刑事もいた。

医師立ち会いの下、私服刑事から様々な質問をされた。

名前、年齢、住所、その他諸々《もろもろ》……。

だが、洋幸は何も答えられなかった。

記憶を失っていた。自分の氏名年齢もわからない。病院へ運ばれるまでの出来事も一切思い出せない。脳みそに大きな蓋《ふた》を被せられたように頭がもやっとしていた。

医師は洋幸の傷を見て、打撲痕《だぼくこん》、切創《せっそう》、火傷があると言った。殴られ、切られ、火を浴びたということだ。が、医師の説明を受けても何一つピンと来なかった。

「僕はいったい……」

思い出そうとすると、再び脳裏に靄《もや》がかかる。

洋幸は頭を打ち振った。酸素マスクが外れる。大きく息を吸い込んでみた。肋骨《ろっこつ》に痛みは感じるが、息苦しいほどではない。

首を大きく傾けた。アーム式のテレビがあった。右腕を伸ばし、テレビを引き寄せた。サイドボードにはリモコンとイヤホンが置いてある。洋幸は音声ジャックにイヤホンを差して右耳に入れ、スイッチを入れた。

画面が映る。人工的な光がまぶしく、目を細めた。

午後七時を過ぎた頃だった。洋幸はザッピングをしながら、画面を見流していた。

《次のニュースです。昨日未明、天竜川《てんりゅう》東の中平《なかひら》地区で起こった漁船火災事故の続報です――》

「漁船火災？」

洋幸は手を止めた。

画面を見つめる。夜の漁港が炎で煌々《こうこう》と紅《あか》く染まっていた。漁船が燃えさかる映像が流され、音声が響く。木片の爆ぜる音がした。

瞬間、びくりと身体が跳ねた。胸の奥がぞわぞわとざわめき、不安や恐怖にも似た感情が込み上げる。

《関係者の証言から、警察は、漁船火災は放火によるものと断定し、事件として犯人の行方を追っています》

「漁船、放火？」

悪寒《おかん》が走った。その後、腹の底から怒りが湧き上がってきた。

洋幸はテレビを消した。胸元に右腕を巻く。震えが止まらない。

「なんだ、これは……。なんだ」

双眸を固く閉じた。

炎に包まれた漁船の画が瞼《まぶた》に焼き付いて離れない。その画の奥から複数の怒声と悲鳴が聞こえてきた。テレビの音声にはなかったものだ。

「なんなんだ！」

洋幸は体を丸め、頭を抱えた。

点滴の管が外れる。点滴装置の警告音が病室に鳴り響く。しかし、脳裏では警告音より怒号と悲鳴が大きくなり、早鐘のように響き渡る。

胸が締め付けられるような息苦しさと荒ぶる怒気が胸を掻きむしる。

洋幸は頭を掻きむしり、ベッドの上でもんどり打った。

「何なんだ！　どうしたというんだ！」

たまらず、声を張り上げた。

表にいた制服警官がドアを開けた。医師と看護師も駆け込んでくる。

洋幸はいつの間にか、頭を抱えて絶叫していた。

「なんだ！　何なんだ！」

蒼白《そうはく》になり、唇は色を失っている。こめかみや額からは脂汗《あぶらあせ》が溢れ、見開いた両眼は血走っている。

「アイオナールを！」

医師が叫んだ。

制服警官が暴れる洋幸の身体を押さえ込んだ。

「離せ！　離せ！」

洋幸は全身を激しく揺さぶった。ベッドの脚がぎしぎしと軋《きし》む。

制服警官は洋幸の身体に覆い被さった。錯乱状態に陥った洋幸は、相手が警察官であることもわからず、拳で警察官の腕を殴り、肩口に噛みついた。

何がそうさせるのか、洋幸自身わかっていなかった。ただ、無性に恐怖や怒気《どき》が込み上げてきて、暴れずにはいられなかった。

看護師が鎮静剤の注射を持ってきた。医師はすぐさま注射器を取った。

「押さえていてください！」

医師が声を張る。

制服警官はさらに重みを被せた。看護師が二人がかりで洋幸の左腕を伸ばし、手首を握り押さえつけた。肘を返された洋幸の腕はびくりとも動かなくなった。

「やめろ！　おまえら、やめろ！」

洋幸は目玉が飛び出そうなほど両眼を剝《む》いた。昂《たか》ぶりすぎて痙攣《けいれん》も始まっている。

医師は静脈に針を通し、素早く鎮静剤を投与した。

「そのまま押さえて！」

医師が叫ぶ。

制服警官と看護師は、洋幸を押さえ続けた。

背を反らせ、激しく唸っていた洋幸だったが、次第に身体から力が抜けていく。見開いていた双眸もうつらうつらとし始めた。

制服警官が身体を離した。看護師が簡単にシーツを治し、洋幸を仰向《あおむ》けに寝かせる。

「やめてくれ……やめて……」

洋幸はうわごとを口にしながら、やがて眠りに落ちた。

第二章　撒《ま》き餌《え》

1

周藤は、中野《なかの》にある東京警察病院を訪れた。患者がごった返す待合室ロビーの端《はし》の席に座っている。眼鏡《めがね》を掛け、明るい色のスーツに身を包み、ビジネスバッグを太腿《ふともも》に置いている様は、ごくごく普通のサラリーマンの風情《ふぜい》だ。

新聞を読みつつ待っていると、十分ほどして、看護師の作業着を身に付けた壮年男性が周藤の前に立った。

「佐藤《さとう》さん。お待たせしました」

周藤は微笑《ほほえ》んで立ち上がり、会釈《えしゃく》をした。

「医療器具納入の件ですね。こちらへどうぞ」

「お忙しいところ、ありがとうございます」

周藤は周りに聞こえるよう挨拶《あいさつ》をし、男に続いた。

男はすれ違う職員たちにも時折り挨拶をしつつ、エントランスの奥へ進んだ。非常階段を出て、階下へ降りていく。人影がなくなると、男は改めて周藤を見た。

「申し訳ない、ファルコン。君が黒しか着ないのは知っていたが、どうしても営業マンを装《よそお》ってもらう必要があったものでね」

「気になさらないでください、ベンジャー。仕事に私情は挟《はさ》みませんので」

周藤は恐縮して返した。

周藤を迎えに出たのは、加地荘吉だった。

加地は表向き、警視庁本庁の技術職員で閑職扱いのロートルを気取っているが、その実は暗殺部の仕事をサポートする〝アント〟という処理係の長を務めている。加地は暗殺部の面々からは〝ベンジャー〟と呼ばれている。

二人は非常階段を下りると、ボイラー室へ入った。狭い通路を奥へと進む。つき当たりにはもう一枚の扉があった。加地は持っていた鍵で扉を開けた。扉の先はエレベーターになっていた。

周藤と加地はエレベーターに乗り込んだ。小さな箱が下降する。停止して扉が開くと、白い壁に覆《おお》われたエントランスが現われた。エントランスからは、複数の通路が延びている。機動性、機密性を高めるため、出入口は複数用意されていた。

ここは、警察病院の地下にあるアントの本部だった。通称〝蟻《あり》の巣〟と呼ばれる場所だ。暗殺部が手を下した遺体の処理や各現場での事後処理、暗殺現場に関わった一般人の拘束や洗脳は、すべてこの場所で行なわれる。アントという名前の通り、彼らが動いた後は、塵《ちり》一つも証拠を残さない。

「急な申請ですみませんでした」

「いやいや。暗殺部の仕事はいつも急だからな。慣れているよ」

加地は目尻に皺《しわ》を寄せた。

「彼女、長井結月《ながいゆづき》は元気なんですか？」

「たいしたものだよ、あの女の子は。もう数ヵ月、地下牢《ろう》に拘束されているが、体調どころか精神にも変調を来さない。彼女が若い頃から国際ブローカーとしてしのぎを削っていたというのもまんざら嘘《うそ》ではなさそうだ」

加地が軽く緊張した面持ちで言う。

長井結月は特殊遺伝子プロジェクトに関わる事案で主導的な役割を果たしていた。周藤ら、暗殺部一課の活躍で、プロジェクトに関わった人間のほとんどは処分されたが、長井結月は生かされた。

それは彼女の経歴の特殊性にある。

結月は、ブローカーとして世界各地を転々とし、国際犯罪シンジケートの事情にも通じていた。そのため、本来は処分されるはずだった結月だが、公安や組織犯罪対策部、外事部などに捜査協力をするという条件で処分を免《まぬか》れた。

ただし、アントの地下本部から出ることはできない。生涯、囚《とら》われの身として生きていくこととなった。

「ベンジャーは彼女をどう見ます？」

周藤が訊《き》いた。

「本物だろうな。一生、地下本部から出られないという条件を突きつけられても生きることを選ぶ。虫も殺さないような愛らしい容姿だが、中身はまさしく大物だ」

「脱走を図ったことは？」

「そんな素振りも見せない。そこがかえって恐ろしいよ。あの子が二度と表に出ないことを祈るね」

加地は小さく微笑んだ。

周藤は加地と共に最奥の部屋へと進んだ。取っ手のないドアがある。加地はディンプルキーを二箇所に差し込み、取っ手代わりにしてドアをスライドさせた。

手前に警察官の詰め所があった。警官は立ち上がり、加地に会釈をした。

「長井結月は？」

「変わりありません」

警官がモニターに目を向けた。

十畳ほどの部屋が映し出された。ベッドがあり、小さな冷蔵庫やポット、テレビもある。ちょっとしたワンルームマンションの部屋のようだ。結月は、ベッドに横たわり、テレビの音声を流しつつ、読書に勤《いそし》しんでいた。

警官は手元のスイッチを操作して、自動ドアを開いた。その奥に通路があり、二つのドアがあった。周藤は手前の接見室に通された。警官と加地が奥の部屋へ進む。

「面会だ」

警官が声をかけた。

結月は身体を起こした。ピンク色の上下のスエットに身を包んでいる。警官は結月の両手首に手錠を掛け、腰縄を握り、部屋から連れ出した。加地と警官に見守られ、接見室へと入る。

「あら」

結月は周藤を見て、微笑んだ。

周藤は結月を見た。化粧っ気のない素面《すめん》だったが、肌の色艶はよかった。肩までしかなかった黒髪が肩胛骨《けんこうこつ》のあたりまで伸びている。髪が伸びたせいか、あどけなかった顔貌《がんぼう》が大人びて映った。

結月はテーブルを挟んだ向かいの席に座らされた。警察官が隣に立つ。

「二人きりでいいわよ」

結月が言った。

「いや、君が誰かと接見する際は、必ず警察官が一人付くことになっている」

警官が拒否する。

結月は屈託のない笑顔を見せた。

「警視庁暗殺部一課、Ｄ１のリーダー・ファルコン。この人の実力は嫌というほど知ってる。私が逆らうと思う？」

「そういう問題じゃない」

「いいよ。二人きりにしてほしい」

周藤が言った。

「しかし……」

「かまわん」

加地は警察官の肩を叩《たた》いた。

「ファルコン。長井結月が少しでもおかしな真似《まね》をした時は処分しろ」

加地が言う。周藤は頷《うなず》いた。

警察官と共に接見室を出る。

二人きりになると、結月は両腕を起こし、右人差し指を襟元《えりもと》に引っかけた。

「この部屋、暑いね」

そう言い、襟を引っ張り上体を倒す。胸元がちらりと覗《のぞ》く。

周藤は冷ややかに結月を見据えた。

「やっぱり、あのクラウンとかいう調子のよさそうな彼にしか色仕掛けは効《き》かないか」

悪びれもせず、椅子の背にもたれる。

「あのサーバル。神馬君だっけ？　あの子は元気？」

「ああ」

「ああいう勢いだけの子って、長生きできないんだけどなあ。まだ元気でいるということは、あなたがうまくコントロールしているのね」

「おまえが思っているほど、サーバルやクラウンが愚かではないということだ」

「そうね。私はあなたたちに負けた人間だから、何も言えないわ」

「ここを出る気はないのか？」

「出してくれるの？」

身を乗り出し、大きな瞳を輝かせる。が、すぐにため息を吐《つ》き、もたれた。

「そんなわけないわよね。出る気がないかと言われれば、今すぐにでも出たいけど、出してくれないでしょう？　もし、出られることがあれば――」

首を突き出し、上目遣いに周藤を見据える。

「今度は間違いなく、あなたたちを切り刻んであげる」

口辺に冷酷な笑みが滲《にじ》む。

周藤は瞬《まばた》きもせず、結月を見返した。

結月はすぐに裏の顔を引っ込め、愛らしい女の子の笑顔を浮かべた。

「で、今日は何？」

「訊きたいことがある」

「私さあ。スタバの抹茶《まっちゃ》フラペチーノが飲みたいんだけどな」

「わかった。後で差し入れさせるよ」

「やった！」

結月が肩を揺らした。

少女のような愛らしさを見せたかと思うと、冷徹な裏の顔を垣間《かいま》見せる。どこまでが実像なのか、相変わらず判別できない女性だった。

「これを見てほしい」

周藤はタブレットを結月の前に差し出した。

「あら、いいの？　外部と連絡を取っちゃうわよ？」

「通信機能は切ってある。そこに表示したＰＤＦファイルを見てくれ」

周藤は言った。

用意していたのは、イースト・グローバル・インベスティメンツの資料だった。

調査部の報告では、実態の知れない外資系の投資会社となっている。現在、海外の捜査機関を通じて情報を収集しているが、これといった情報は出てこない。EGIには凜子を潜入させることになっていたが、あまりに全容がおぼろげな組織なので、周藤は待ったを掛けた。

暗殺部の潜入に危険は付き物だが、できれば、リスクは最小限に留めたい。

その時、ふと思い出したのが結月の存在だった。

EGIが何らかのシンジケートと通じていれば、あるいは結月が知っているかもしれない。訊いてみる価値はあると判断した。

結月は人差し指で画面を撫《な》で、さらさらとデータを見流した。

「ああ、今中黎一《いまなかれいいち》か」

「知っているのか?」

「知ってるわよ。今中黎一。旧名は周《しゅう》黎一。中国の帰化人よ」

結月がさらりと答える。

「何をしていた人間だ?」

「中国で投資会社を経営していた人。日本へ来たのは十年前ぐらいかしら。当初は日本へ進出する東アジアの企業に対しての融資をしていたけど、その頃はあまりうまくいってなかったようね。けど、日本のＥＧＩを仕切るようになってからは財界でも著名な人物にのし上がっていった」

「君が知っているということは、裏社会に通じているということか？」

「さあ。今中はどうか知らないけど、問題はこのＥＧＩという組織」

結月が指でモニターを叩く。

「実態が知れないでしょ？　ここにも書いてある」

調査部の報告部分を差し、ほくそ笑んだ。ただ流し見た程度にしか見えなかったが、結月はしっかりと報告書の中身を認識していた。

「そりゃそうよ。実体はないんだもの」

「実体がない？」

「報告にあるシカゴの本社は表向きの経理処理に必要だから設置しているだけで、ここに書かれてある登記上の代表も本当にいるかどうかわからない。出資者は中国やロシアの資産家だと聞いているけど、誰なのかは私にもわからない」

「なぜ、君が知っている？」

「ＥＧＩ資金は表にも裏にも流れていたからね。裏取引で必要な資金もすぐ用立ててくれる便利な投資会社ではあったの。ただ窓口も様々で、誰が大元に通じているのかはわからない。また、どんなに調べてもわからないように組織を組んである」

「つまり、表立っている人間はすべてダミーだと？」

「ダミーと呼ぶのはどうかしらね。実際、今中を通じて、融資は行なわれるわけだし。事業としての実態はあるのよ。でも、資金の流れの実態がさっぱり見えない。ＥＧＩ資金は、欧米では、Treasure of the haunted ship. と言われてる」

「幽霊船の宝か」

「そう。手を付けるには便利だけど、油断をすると海底に呑《の》み込まれる」

結月がほくそ笑んだ。

「呑み込まれるとは？」

「ＥＧＩは二つの方法で利益を上げている。一つは純粋な融資。もう一つは融資を焦《こ》げ付《つ》かせさせて会社を乗っ取り、転売。方法は欧米の投資会社がしている方法とあまり変わりがない。ただ、その資金がどこからどう流れ、どう消えていくのかは一切わからない。金主は中ロの資産家だけでなく、オイルマネーや麻薬資本も流れているのではないかという噂《うわさ》よ。まあ、金儲《かねもう》けしたい人たちにはその資本の性質がどうあれ、関係ないんでしょうけど。お金に色はないから」

結月はこともなげに言い放った。

「なるほどな。ついでだが、その資料にあるＥＭＰリゾート開発という会社について、何か知らないか？」

周藤が訊いた。

「さあ。つまらない会社ね。ただ、EGIが絡んでいるということは、必ずもっと大きな窓口があるはず。EGIは技術力を持った会社には投資をして買収しようとするけど、単なる新興企業に多額の融資を行なうことはない。多田朗人は政治家としても有名ではあるけど、多田建設や息子たちは取るに足りない存在だから、EGIが相手にすることはないわ」

「そうか。ありがとう」

周藤はタブレットを取った。席を立つ。

「もういいの？」

「充分だ」

「残念。久しぶりだから、もう少しお話ししたかったな」

上目遣いに周藤を見やる。

「たとえば、あなたの妹さん、知世《ともよ》さんの話とかね。ファルコンこと周藤一希さん」にたりと口角を上げる。

周藤は知世の名を耳にし、かすかに眦《まなじり》を震わせた。しかしすぐ、平静を保つ。

ドア脇のボタンを押す。すぐさま、警察官と加地が入ってきた。警察官は結月の腰縄を握り、結月を接見室から連れ出した。

「フラペチーノ、よろしくね」

結月はそう言い、部屋へ入った。

周藤は加地と共に廊下へ出た。

「どうだった？」

「必要な情報は取れました」

「それはよかった」

「それと、彼女とこれまでに接見した人間の動向を洗ってもらえますか？」

「何があった？」

「俺の本名と過去、それにサーバルの本名を知っていました。接見した何者かが漏《も》らした可能性が高い」

周藤が言う。

加地の眉間に皺が立つ。

「わかった。ただちにミスターDに報告して、処理しよう」

加地が了解した。

「よろしくお願いします」

周藤は頭を下げ、アント本部を後にした。

2

伏木は、EMPリゾート開発東京支社を訪れた。

「すみません。私、江田《えだ》という者ですが」

受付で名刺を出す。

名刺には〈フリーディベロッパー・江田真人《まさと》〉と記されていた。

「多田社長がいらっしゃいましたら、ぜひお目に掛かりたいのですが」

満面の笑顔を見せる。

伏木は天然パーマの髪をストレートにしていた。金縁眼鏡を掛け、地味な濃紺系のスーツに身を固めている。普段の洒落《しゃれ》た伏木の影は微塵《みじん》もない。が、腕にはさりげなくロレックスのコスモグラフデイトナを巻いていた。

三十半ばくらいの受付担当の女性は、ちらりと伏木の腕に目を向けた。伏木は胸の奥でほくそ笑んだ。

「お約束は？」

「特にアポイントは取っていないのですが、こちらが海沿いのリゾート開発に積極的だという話を伺《うかが》いまして、話を聞いていただきたいと思いまして」

「少々お待ちください」

女性は内線電話の受話器を持ち上げた。

伏木は少し受付から離れ、背を向けた。にやりとした笑みがこみ上げる。

わざわざロレックスを腕に巻いてきたのは、アピールするためだった。

EMPリゾートに関しては、智恵理を通して事前に下調べをしていた。

彼らは、一見《いちげん》の売り込みにも応じるという話を入手した。それほど、なりふり構わず、土地買収に精を出しているということだ。一見で多田に接見できた連中を調べてみると、わかりやすく金を持っていることが確認できる者ばかりだった。

つまり、金持ちの話には応ずるということだ。

多田に会うだけなら、全身をブランドで固めるだけでよかった。しかし、伏木には潜入しなければならないという目的がある。

そこで、スーツは地味な色に揃《そろ》え、ワンポイントで金がありそうな雰囲気を演出した。

「お待たせしました」

受付の女性が声を掛ける。

伏木は笑顔で振り返った。

「まもなく係の者がまいりますので、ここでお待ちになってください」

「承知しました」

伏木は口角を上げた。

エントランスを見渡す。広くて殺風景だが、受付の背後には金色の社名ロゴが鎮座し、木目調の壁が重厚感を演出していた。

半円形の受付ブースの奥から、背の高い眼鏡を掛けた男が現われた。冷めた眼をしている。伏木の前に歩み寄った男は愛想笑いも見せず、名刺を取り出した。

「当社の総務を担当しています、森下と申します」

名刺を差し出す。

「お忙しいところすみません。江田と申します」

名刺を返す。森下はちらりと見て、名刺をすぐ名刺入れにしまった。

「社長はあいにく不在でして。私でよければ、お話を伺いますが」

「そうですか。よろしくお願いします」

「では、こちらへ」

伏木は森下に促され、オフィス内へ入った。

広々としたワンフロアにほとんど仕切りはない。簡素なデスクが整然と並べられ、社員が黙々と仕事をしている。右端には楕円形《だえん》のテーブルを置いた会議用のオープンブースがあり、社員たちが何やら打ち合わせをしている。どこにでもある会社の光景だった。

伏木は左手奥にある扉を潜《くぐ》った。通路の手前には小スペースがあり、三人の女性がパソコンに向かって何やら作業をしている。

こちらは、オープンフロアの雰囲気とは違い、少々入りにくい様相だった。三人の女性もOLというよりは夜の商売をしているような派手なスーツに身を包んでいて、香水の匂いが通路まで漂《ただよ》うほどだった。

伏木は最奥の扉手前右にある部屋に通された。十畳ほどの部屋に応接セットが置かれている。

「どうぞ」

森下に手招きされ、左手二人掛けソファーの真ん中に腰を下ろした。森下が差し向かいのソファーに座る。ほっそりとした脚は長く、膝《ひざ》が鋭角に折れていた。脚の低いソファーに座ると森下の大きさをより感じ、圧迫された気分になる。

なるほどね。

伏木は顔を伏せ、両眉を上げた。

応接セットは部屋をぎっしり埋めるほど大きなものだ。が、それも計算のうちなのだろう。ソファーとテーブルしかない殺風景で窮屈《きゅうくつ》な部屋に森下と閉じ込められれば、大柄に映る森下が相手を圧迫することになり、知らぬ間に主導権を相手に渡すことになる。

リゾート王も伊達《だて》ではないということか。

伏木は得心して、顔を上げた。

「早速ですが、本日はどのようなご用件で？」

森下が話し始める。言葉は丁寧だが、眼光と語気は相変わらず鋭い。

「御社《おんしゃ》が海岸線の土地にリゾートを建設されていることを知り、御社にうってつけの物件があるので、お取引願えないかと」

「私どもは当社独自のマニュアルで場所を選定し、その方針に沿って現地の方々と交渉させていただいています。一見の方からのご推薦は、基本的に受け付けないことになっていますので」

森下はにべもない。

伏木は片頬を上げた。

「おや、おかしいですね。サイトー興業《こうぎょう》さんや中部《ちゅうぶ》四国《しこく》土地《とち》建物《たてもの》さんとは、即決で契約されていると伺いましたが」

そう言い、森下を見やる。

これまで感情を覗かせなかった森下の目尻がかすかに蠢《うごめ》いた。

「よくご存じでいらっしゃる。どちらで、そのことを？」

「名刺にも謳《うた》っていますが、私はフリーのディベロッパーです。フリーでこの業界を渡り歩くには、それなりの伝手《つて》というものが必要です。森下さんであれば、その意味もおわかりになるでしょう？」

伏木はあえて挑発した。

森下が微《かす》かに沈黙を吐《は》いた。両眼に冷たさが増す。

「何をおっしゃりたいのでしょうか？」

「本当は社長さんに直接頼もうと思っていたんだけど、この際、あんたでもいいや」

伏木は態度を変え、左肘《ひじ》を膝頭《ひざがしら》に突き、半身で乗り出した。

「景気も回復してきて、不動産状況は良くなってきたとはいえ、俺たちのようなフリーにおこぼれが回ってくるまで好調というわけじゃなくてね。こっちが話を持っていっても大手に安く買い叩かれて、たいして利益は出ないんだ。まったく嫌になるな。底辺ってのはいつまで経《た》っても搾取《さくしゅ》される」

言葉を吐き捨てる。

森下の目線が伏木の手元に向いた。

「ああ、これか？」

左腕を上げ、ロレックスを見せる。

「あんたらに会うのに、このくらいの見栄《みえ》は必要だろう。仕事がうまくないとはいえ、俺もディベロッパーの端くれだ。百万や二百万程度の金は何でもない」

伏木はロレックスを腕から外した。

「これ、お近づきの印に社長へ」

テーブルに置く。

森下は手を付けず、じっと伏木を見つめるだけだった。

「本題は？」

静かに伏木を睨《ね》める。

「ここで雇ってくれないか？」

「これはまたストレートな」

森下は失笑した。

が、伏木は上体を乗り出し、テーブルに両手を突いた。

「笑い事じゃないんだよ。今、勢いのある会社はここだ。将来性もある。俺もそろそろ四《よ》十路《そじ》の声が聞こえる歳《とし》だ。しのぎを削るのは疲れたんだよ。な、あんたから社長に通してくれないか。この通りだ」

額をテーブルに擦りつけた。

森下は冷ややかに伏木を見つめた。

しばらく頭を下げていた伏木はゆっくりと顔を起こした。冷めた顔つきの森下を見て、鼻で笑う。

「まあ、あんたみたいな人に泣き落としは効かないわな」

伏木はスーツの上着を開き、内ポケットに入れていた茶封筒を森下の前に放った。

「これは？」

封筒を一瞥《いちべつ》する。

「今、俺を通せば手に入る土地の一覧だ。そう多くはないが、選定としては悪くないと思うぞ。それを社長に見せて、検討してくれ。それと、俺の身元はいくら調べてくれてもかまわない。調べりゃ調べるほど、俺があんたらの力になる人間だってのがわかるはずだ」

伏木は席を立った。

「時間取らせてすまなかったな。そのコスモグラフデイトナは、社長へ渡しておいてくれ。限定品だから、喜んでもらえると思う。じゃあ、決まったら連絡をくれ。三日以内に連絡がなければ、その物件はよそに回すからな。俺も余裕があるわけではないんで、悪く思うな。では、よろしく」

そう言い、部屋を出た。

通路に出ると、茶髪のロングカールの女性と相対した。開いた胸元に目を向け、にやりとする。女性も笑みを浮かべた。彼女は小スペースで作業をしていた女性の一人だった。

「あら、もうお帰りですか？」

「あなたとデートなら、もっとゆっくりしますけどね。いずれ、また」

そう言い、髪の端を撫で、オフィスを出た。

表へ出て、肩越しに背後を見やる。尾行されている様子はない。すぐさまタクシーを停めて、乗り込んだ。行き先を告げ、スマートフォンを取り出し、D１オフィスに連絡を入れた。

「もしもし、クラウンだよ」

――お疲れ様。

電話口に出たのは、智恵理だった。

――どうだった？

「まあ、アプローチはこんなものかな？　江田の経歴の仕込みはできているかな」

――もちろん、整《ととの》ってるよ。

「さすが、チェリー。頼れるハニーだね」

――あんたにハニーなんて呼ばれたくないけど。

「つれないところも魅力だね」

伏木が軽口を叩く。電話の向こうでため息が聞こえた。

――まあともかく、アントの仕込みは完璧だから、その後の潜入はよろしく。

「任せといて。仕事が終わったら、ぜひ、食事でも――」

話している途中で、電話を切られた。

「相変わらず、冷たいねえ」

伏木はディスプレイを見つめ、苦笑した。

EMPリゾートに接触するため、智恵理から加地率いるアントに連絡を入れてもらい、江田真人というディベロッパーの経歴を作り上げた。

暗殺部処理課・通称〝アント〟は、主に暗殺部が仕事をした後の処理を行なうが、時に暗殺部の依頼を受け、潜入捜査などの条件の仕込みを手伝うこともある。

今回は、江田真人という架空の人物の銀行口座と過去十年に亘《わた》る土地取引実績を即座にねつ造し、関係金融機関や官庁に問い合わせた際、相手を信用させる証拠が得られるよう、セッティングした。また、伏木が残してきた土地取引に関する問い合わせ先もアント本部の一室に設《もう》けられた仮オフィスに繋《つな》がるようになっている。

EMPリゾートが江田真人の身辺を探れば、それがすぐデータベース化され、D1オフィスへ届く手はずも整っていた。

「連絡が来るまでは待機だな」

伏木は欠伸《あくび》をし、スマホを内ポケットにしまった。

3

栗島と神馬は浜松の第一病院へ来ていた。

磯部洋幸は眠っていた。二人はナースセンターの脇にある小部屋で、担当医師、浜松中央署の警備担当の制服警官と向き合っていた。

「そうですか、そんなことが……」

栗島は先日病室内で起こった洋幸の異常行動を聞かされ、眉根を寄せた。

「何がきっかけだったんだ？」

神馬が訊いた。

「病室内のデータを解析したところ、発作を起こす数分前に目覚め、テレビを点《つ》けたようですね」

警察官が言う。

「テレビ？」

「はい。午後七時三分から八分の五分間です。そのほんの数分の間に見た番組かＣＭが、彼の胸中深くの何かに触れて発作が起こったものと思われます」

「番組の特定は？」

「その時間帯に浜松で受信されていたテレビ番組はこちらです」

警察官が一枚のリストを出した。

静岡県内で流され、病院で受診している放送局の当日該当時間帯の番組やＣＭが箇条書きで記されていた。

神馬はリストに目を通した。横から栗島も覗く。

二人が目に留めたのはニュースの項目だった。

「漁船爆破？」

栗島が声を漏らす。

「我々も、彼が洋上で発見され、傷ついていたという点を踏まえ、そのニュースに注目しました。捜査記録がこちらです」

警察官は薄いファイルを出した。

神馬はテーブルに置き、栗島にも見えるようにしてページをめくった。

タイトルには〈遠州中央漁業協同組合所有漁船放火事案〉と記されている。捜査は浜松南署と浜松市に隣接する磐田《いわた》市に所属する天竜東《てんりゅうひがし》署が合同で行なっている。

事件は三日前の未明に起こっていた。遠州灘に面する磐田市中平地区にある遠州中央漁協事務所前に停泊していた漁船が次々と放火され、漁民が何者かと争っている。連絡を受けた天竜東署の機動捜査隊や警らの制服警官が現場に急行したが、その頃にはすでに犯人たちは姿を消していた。

漁船の放火に使われたのはリモコン式の自動発火装置で、ガソリンを仕込んだペットボトルを燃料タンク付近に設置し、バーストさせるものがほとんどだったが、中には火薬を使ったものもある。爆発物の種類については特定中という記述があった。

次のページには、遠州中央漁協の背景が記されている。

遠州中央漁協は中平地区で個別に漁業を営《いとな》んでいた漁民が集まって設立した漁業協同組合だ。創設してしばらくは組合管理漁業権を設定し、組合員が個別に漁業を行なうスタイルを通していたが、昨年の免許更新の際、組合を法人化し、共同漁業権を取得している。

「ん？」

栗島がトラブル項目に目を留めた。

遠州中央漁協の組合員が生計を営む天竜川東周辺の土地は、半年ほど前からある企業に次々と買収されていた。

そのある企業というのがEMPリゾート開発だった。

「サーバル。これ……」

指を差す。神馬も同じ部分に目を向けていた。

「こんなところにも出てきやがったか、太平洋野郎」

小声で呟《つぶや》く。

「ご存じなんですか、その会社を？」

制服警官が訊く。

「いや。土地買収トラブルというのが、ちょっと異質だなと思って」

「どういうトラブルなんですか？」

栗島があえて訊いた。

「合同捜査本部の捜査員によると、EMPリゾートホテルが天竜川東の地域にリゾートホテルを建設する予定で周辺地を買収しているようですが、漁協の中には買収交渉に応じないところもあり、中でも遠州中央漁協はとりつく島もないほど強固に拒否していたようです」

「つまり、EMPリゾートの買収交渉トラブルと遠州中央漁協の漁船放火事件は関連があるということですか？」

「現状で断定はできませんが、当時、現場にEMPリゾートの社長や社員がいたとの証言もあります」

「はっきりとその場にいたわけではないのか？」

神馬が訊いた。

「捜査中ですが、確証を得たというわけではないとのことです」

「ふうん……」

神馬は腕を組み、捜査資料に目を落とす。

栗島は放火事案による被害状況を見ていた。漁船は十隻近くが全焼、残った漁船も半焼や一部損壊している。漁民の中で特に若い漁師が暴行を受けていた。ただ、襲った相手に関しては黒いスーツを着た何者かというだけで、特定はされていない。被害者の中に、行方不明者の記述もあった。

「この行方不明の磯部洋幸という人は？」

栗島が訊いた。

「遠州中央漁協の漁労長・磯部達洋の息子さんで、漁協青年部の部長も務めていた男性です。捜査本部の調べでは、海上に逃走した犯人を追って洋上へ出たそうです」

「ということは？」

栗島が制服警官を見た。

「はい。捜査本部も、今回病院へ収容された男性が磯部洋幸さんではないかとみて身元調査を始めていますが、今のところ、ここに入院している彼が磯部洋幸さんだという証言等は得ていません」

「わからないということか？」

神馬が訊く。制服警官は頷いた。

「それは妙じゃないか？　彼の顔写真を持って町で聞き込めば、磯部洋幸かどうかはすぐにわかるはずだ。そもそも親がいるなら、両親に訊くか、過去の写真を入手して照合すれば簡単に判明する」

「そうなんですが……。なぜか、磯部達洋も町の人たちも、磯部洋幸さんに関する証言や写真提出を拒否しているんです」

「それはつまり、洋幸さんがもし生きていたとすると、漁村を襲った何者かに再び狙われる可能性があるということですか？」

「捜査本部ではそうみています」

制服警官が答える。

「だったら、本人に確認してはどうだ？　本人は自分の町の人たちが彼をひそかに守っていることは知らないだろう」

「それがですね……」

医師が口を開いた。

「男性は何らかのショックで記憶を失っています」

「記憶を？」

神馬が言う。医師が続けた。

「一時的なものと思われますが、無理に記憶を引き出そうとすると、激しいショック症状を引き起こします。本人が何かのきっかけで思い出した場合は別ですが、医学的治療で記憶を取り戻させるには時間が掛かるかと」

「そうですか……。会うことはできますか？」

栗島が尋ねる。

「面会は問題ありません。ただし今は、過去のショックに直接関わるような話題は避《さ》けていただきたい。何度も強いショックを起こすようになると、身体反応の苦痛が心因と同調して、記憶を完全に封印してしまうこともあります。初期治療が特に大事なので、あまり患者さんを刺激しないでいただければ」

「わかりました」

栗島が席を立つ。

「どこへ行くんだ?」

「病室へ。時間がある時はできるだけ付いていてあげたいと思いまして」

栗島は部屋を出た。

「ちょっと待て、おれも行くから」

神馬もあわてて席を立つ。警察官と医師も立ち上がった。

病室の前で栗島を捕まえた。先に、医師と警察官が入っていく。栗島も入ろうとする。

神馬は肩を握り、栗島を止めた。

「ポン。いつまで付き添うつもりだよ」

「時間がある限りです」

栗島が神馬をまっすぐ見つめる。

「まったく……。おまえのお人好《よ》しもたいしたもんだな。わかったよ」

背中を叩いて、病室へ入れた。

洋幸は目を覚ましていた。制服警官と医師の後ろから現われた神馬と栗島に目を留める。

「この方々は？」

「君を助けてくれた人だよ」

警察官が当たり障りのない答えを口にした。

「おれは関係ねえけどな」

神馬がぼそりと口ごもる。

栗島は警官と医師の間を割り、ベッドサイドの丸イスに腰を下ろした。洋幸は首を傾け、栗島を見やった。

「ありがとうございました」

「いやいや、当然のことをしたまでです。回復してよかった」

栗島は笑顔を向けた。

「あの……」

洋幸が首をかすかに起こす。

「僕はどういう状況で発見されたんですか？」

まったく覚えていない様子で訊いてきた。

栗島は顔を上げて、警官と医師を見やった。医師が小さく頷く。栗島は洋幸に視線を戻した。

「沖合で板にしがみついて流されているところを、僕たちが発見したんです。それで僕が助けあげただけで」

「そうですか……。僕はなぜ、そんなところにいたんでしょう？」

さらに疑問を口にする。洋幸の眉間がかすかに縦皺を刻む。

栗島は掛け布団《ぶとん》の上から洋幸の胸元に手を添えた。

「それは僕にもわからない。でも、今はまず、身体を治すことが先決です。僕が付いているから、安心して治療に専念してくれればいい」

そう言い、微笑む。

洋幸の眉間の縦皺が取れ、目尻が穏《おだ》やかに下がった。

「すみません。見ず知らずの人に助けていただいた上に、ご心配までかけてしまって」

「これも何かの縁です。気にしないで」

「本当にありがとうございます」

洋幸は笑みを浮かべると、再び目を閉じた。

「寝かせてあげましょう」

医師が言う。

「付き添っていてもかまいませんか？」

栗島が医師を見た。

「はい。何かあれば、ナースコールを押してください」

医師が病室を出る。

「では、私もこれで」

警察官が一礼して、部屋を出た。

神馬と栗島二人になる。洋幸はまもなく寝息を立てた。

「メシ食いに行くけど、どうする？」

神馬が声を掛ける。

「僕は付いてます」

栗島は洋幸に目を向けたまま言った。

「ちょっと入れ込み過ぎだな……」

神馬はため息を吐いて独りごち、病室を出た。

4

帝国《ていこく》ホテルの中宴会場では、イースト・グローバル・インベスティメンツの投資説明会が行なわれていた。百五十名ほどが収容できる会場には百名ほどの企業人が顔を連ね、壇上の男性に目を向けている。

視線の先にはヘッドマイクセットを付けた痩身《そうしん》の男性が立っていた。紫ラメのスーツはスポットを浴びて煌《きら》めいている。ＥＧＩ日本支社の今中黎一だった。

「投資会社自《みずか》ら、こうした催《もよお》しを開くのは他でもありません。優良な技術や経営ノウハウを持ちながら不遇に甘んじている企業を一社でも多く拾い上げ、世界の舞台で活躍してほしいという一心からです。私たちにできることは、その道筋を作るお手伝いをすることのみです。ぜひ、この機会に私どもを踏み台として、世界に羽ばたいていただければと思っております」

今中は舞台上を右に左にと歩きつつ、来場者に熱く語りかけていた。

凜子は会場の後ろの席で、今中と居並ぶ企業人の顔を見つめていた。

「典型的な詐欺師《さぎし》ね」

一人呟き、苦笑を漏らす。

ワインレッド縁の眼鏡を掛けている。ヒンジの部分にはピンホールカメラが仕込まれていて、つるはアンテナになっている。つるから飛ばした電波はバッグの中にある受像器が受け、ヒンジに仕込んだカメラの映像が自動的に記録されるようになっていた。

当初、凜子はＥＧＩへ直接潜入する予定だった。が、拘禁《こうきん》中の長井結月から実体がないという情報を得て、まずＥＧＩに関わっている企業の選定をする方針に切り替えた。

〝ＥＧＩが絡んでいるということは、必ずもっと大きな窓口があるはず〟という結月の言葉を重視した結果だ。

「――ご清聴、ありがとうございました」

今中が頭を下げた。

会場が割れんばかりの拍手に包まれ、場内が明るくなる。まもなく、席を立った企業人たちが次々と、今中の待つ壇上へ上がっていった。

凜子は耳当て部分を人差し指の腹で撫でた。ズームアップし、壇上の企業人たちの顔を一人一人捉えていく。

ほとんどが中小企業の経営者だった。アベノミクス以降、景気は上向きつつあるというものの、銀行はまだまだ中小企業への投資を渋り、市場に流れる資金も末端まで回っていないのが現状だ。技術を持った中小企業にとって、経営を継続させるための運転資金を得ることは至上命題だった。

群がる企業を今中は満面の笑みで迎え、言葉を交わしていた。

「カモにならなきゃいいけどね」

凜子は黒目を動かし、会場全体を見回していた。

と、壇上への階段付近で立ち止まっている人物を見つけた。ストライプのダークグレーのスーツを着た恰幅《かっぷく》のいい男性だ。襟《えり》に差したラペルピンはライオンを模した金製のもので、胸元を飾るゴールドのネクタイと合い、金持ちの雰囲気を演出している。

「誰かしら……」

凛子は顔をその男に向けた。カメラが男性を捉える。

男の容姿風貌《ようしふうぼう》を見る限り、資金に窮《きゅう》しているようには見えない。事実、彼は壇上に上がっていく経営者と挨拶を交わすだけで、一向に今中の下へ行こうとはしない。

男の周りにはグレーのスーツに身を包んだ男たちが二人いた。二人とも耳にイヤホンを付けている。目つきは鋭く、休む間もなしに黒目を動かし、周囲を警戒している。

個人警護だと凛子は感じた。しかし、個人警護を付けられるような人物がなぜ、この会場にいるのかがわからない。

この説明会は、今中が投資先をかき集めるために開いたものだ。投資の必要もない人物がわざわざ来場することはない。

バックヤードを仕切るカーテンの奥から、二人の男が出てきて、男に歩み寄った。

一人は、短髪で中背の男性だ。どこにでもいそうなサラリーマンふうの男だが、よく見ると胸筋がワイシャツを押し上げるほどの筋肉質な体軀《たいく》をしている。

もう一人は、四角い黒縁眼鏡を掛けた薄毛の冴《さ》えない男だった。資金提供を頼みに来た経営者のような身なりだ。が、薄毛の男は短髪の男と共に金ネクタイの男の脇に立ち、何やら話し込んでいる。知り合いのようだ。

男たちは二言三言交わすと、警護を引き連れ、バックヤードに引っ込んだ。

「もっと大きな窓口……ね」

凜子は男たちを見送り、視線を再び壇上に戻して、今中に歩み寄る経営者たちの容姿の録画を続けた。

5

神馬は天竜川東に位置する中平地区に来ていた。漁船放火事件が起こった現場だ。

病院で警察官や医師の話を聞き、救出した男性の様子を見た後、周藤に連絡を入れた。

周藤はＥＭＰリゾートに関する情報に興味を抱き、二人に浜松で待機するよう指示をした。

同時に、神馬には放火現場を見てくるよう指示した。

「何にもねえところだな」

海岸縁《べり》の道を歩きながら呟く。

春の陽光を浴びて輝く遠州灘は長閑《のどか》なものだった。とても、漁船の放火事件があった場所とは思えない。

漁港の東入口近くにある魚市場は閑散としていた。そこから先には立ち入り禁止の黄色いテープが張られ、合同捜査本部の刑事や制服警官、鑑識員が蠢いている。船着場には焼け焦げた漁船が何隻も漂っていた。

神馬は警察官の目に付かないよう、現場から離れ町の中へ入った。狭い路地の両端に漁師たちの家々が並び立つ。路肩には海岸の砂が溜《た》まり、雨樋《あまどい》やサッシの端は潮を浴び、ところどころが錆《さ》び付いていた。

歩いていると、地元の小学校に出た。学校は休みだった。校舎に子どもたちの姿はない。が、校庭には大人たちが集まっていた。明らかに地元の漁師とわかる者もいるが、漁には不似合いな長袖Tシャツとジーンズ姿の若者の姿も散見する。校庭の朝礼台には、メガホンを持ったスーツの壮年男性が立っていた。

「今回の放火事件はEMPリゾートの仕業《しわざ》に違いない！　今こそ声を上げて、彼らの所業を断罪しようではありませんか！」

白髪《しらが》頭を振り乱し、メガホンがハウリングするほど声高に叫んだ。

「穏やかじゃないな」

神馬は苦笑し、人垣に近づいていった。

「彼らは、他の現場と同じように、今回の件も揉《も》み消そうとするに違いない。目をつむってはいけない。今こそ、立ち上がってください！　私たちも全力で支援します！」

集まった人たちに向け、檄《げき》を飛ばす。

が、漁民たちの反応は薄い。中には同調して腕を振り上げる者もいたが、ほとんどの者は白髪頭の男の声に戸惑っているような表情を見せていた。

朝礼台脇には、黒ストライプのスーツを着た小ぎれいな男が立っていた。前で手を組み、集まった人たちを見回している。

神馬は集団を遠巻きに見ていた漁民らしき中年男性に声を掛けた。

「お疲れさんです」

言うと、男がちらりと神馬を見た。

「及川先生のところの人かい？」

男性が神馬に訊く。

「ええ、まあ……」

神馬は答えた。

「及川先生には世話になったので、こんなことは言いたくないんだけどね。正直、開発阻止運動はやめてほしいんだよ」

中年男性が渋い顔を見せる。

「何かありましたか？」

「漁協幹部や青年部はリゾート開発に反対しているけどね。組合員すべてが反対しているかといえば、実はそうでもないんだよ。漁獲高は年々減って、漁業の先行きも正直不安だ。青年部があるとはいえ、高齢化も進んでいる。早晩、わしらも漁には出られなくなるだろうよ。そうなれば、この町で生きること自体が難しくなる。それなら、今、土地建物を高く買い取ってもらって、後継産業としてリゾート地を運営するというのも悪くないと考えている者も多いんだ。けど、あんたのところの先生の熱意に負けて、みんな、ギリギリまで漁業を続けていこうと決心しかけていた。そんなところに、漁船の放火事件だろう？　もう面倒には関わりたくないんだよ」

「お気持ち、お察しします」

神馬は神妙な顔で返した。

「実は私も、時間のある時には先生の活動のお手伝いをしているのですが、この頃、疑問を感じることも少なくないのですよ。ほら、いつも先生がおっしゃっている……何だったかなあ」

「これ以上、自然を破壊してはいけない。未来に自然を残すのが私たち大人の役目だ。というやつだね？」

「そうそう、それです。自然を残したいのはみな同じ気持ちでしょうが、あなたがおっしゃられたように個々に事情は違います。もう少し、配慮していただけないものかと」

「あんたは話のわかる人だね。あ、でも、このことは先生には内緒にしておいてくださいよ。わしらがそんなことを考えていると知られれば、先生を傷つけてしまう」

「承知しています。何かの折りに、誰からというわけではなく、こうした見方もあるという体《てい》で、私のほうから進言しておきます」

神馬が言うと、中年男性は神馬の肩を叩き、早々に校庭を去った。

「なるほど。あの先生方は、環境団体の連中というわけか」

壇上の壮年男性に目を向ける。

今度は、手前のTシャツを着た二十代らしき男性に近づいていった。黄緑色のTシャツには〝環境破壊にNO！〟というわかりやすいスローガンがプリントされている。

肩を叩くと、若い男が振り向いた。

「ご苦労さん」

「お疲れ様です。青年部の方ですか？」

「そうだけど」

「この度は本当にお見舞い申し上げます」

若者は深々と頭を下げた。

「ありがとう。あんたは？」

「田中《たなか》と言います」

「田中さんか。あんたらには本当にお世話になってるね。特にあの先生方」

朝礼台に目を向ける。

「及川先生と岩橋先生ですか？」

「そうそう。あの先生方の主張は、漁業に携わる者として胸に響くところが多い。けど、正直なところ、あんたらの活動を快く思っていない住民もいるんだよ」

「どうしてですか！」

田中が若干《じゃっかん》鼻息を荒くする。

「おいおい、怒らないでくれ。あんたらの活動は評価する。しかし、あんたらはリゾート開発を阻止できればそれでいいわけだろう？　でも、おれたちは違う。あんたらが去った後もここで暮らすことになる。生活をしなきゃいけないんだ。正直、漁業での生活は苦しくなる一方だ。対案がない主張には賛同できない人もいるんだよ」

「そうした理念なき利益の追求が、すべてを破壊してしまうんですよ！」

田中は憮然《ぶぜん》とした。

「君らの意見はわかる。それが、ええとなんだっけ。あんたらの組織の名前……」

「ＮＰＯ〈地球の緑を守る会〉です！」

「そうだった、すまない。それが〈地球の緑を守る会〉の主張なんだろうけど、自然を守るために、そこに暮らす人が死んでしまっては本末転倒だろう」

「言い含められましたか？」

「誰にだよ」

「ＥＭＰリゾートの連中にです！　今回の放火事件でみなさんが大変な不安を抱いていらっしゃることは理解します。ですが、戦わずして資本に屈するのは、責任を放棄することと同じです。私たちも共に戦います。あきらめないでください！」

田中は神馬の手を両手で握り締めた。

握力の欠片《かけら》もねえな。神馬は苦笑しつつ、手を握りかえした。

「ありがとう、田中君。君の熱意には負けたよ。おれももう少しがんばってみるから、今の話は及川先生と岩橋先生には内緒にしておいてくれ。青年部の中にそんな意見を持つ者がいると知れば、先生方の気分を害するだろうから。田中君、信じているぞ！」

二の腕を強く叩く。

田中は両眼を輝かせて、強く頷いた。

「じゃあ、おれは用事があるので失礼するが、あとはよろしく、田中君！」

「任せてください！」

田中は小鼻を膨らませ、笑みを浮かべた。

神馬は小学校を後にした。

「ありゃあ、完全に洗脳されてるな」

失笑し、首を振る。

再び、校庭の方を見やる。と、校舎の影に男の姿が見えた。複数だ。スーツを着ているが、あまり品の良い感じではない。男たちは校庭に集まる者をじっと見据えていた。

「もう一騒動ありそうだな」

神馬はスーツの男たちの姿を目に焼き付け、町を出た。

6

午後六時を回った頃、D1オフィスには神馬と栗島以外の四人が集まっていた。

「チェリー。私が撮った画像の解析はできた？」

凜子が訊いた。

「もちろん。各タブレットにデータを送っているので見てください」

智恵理が答える。

周藤と伏木もタブレットを手に取り、投資会場の解析結果を表示した。

ファイル内には顔写真とそれらに該当する会社名や経営者のプロフィールが一ページごとにまとめられていた。

「中小企業ばかりだね」

指でスクロールしながら、伏木が言った。

「ファルコンの情報通り、EGIは投資の純益と会社の転売を狙っているんでしょうね。そんな感じだったわよ、代表の今中という男」

凜子は返事をしつつ、ファイルに次々と目を通した。凜子の指が止まる。

「ああ、この人。最終ページね」

凜子に言われ、周藤たちは最終ページの男のファイルを見た。金のネクタイをした男のデータだった。

「SAEGUSAコンソーシアム代表、三枝征四郎《さえぐさせいしろう》か」

周藤がデータを見据える。

SAEGUSAコンソーシアムは、一部上場の老舗《しにせ》総合商社・三枝商事の系列会社だった。エネルギー開発を担当する部門が独立したものだ。三枝征四郎は、三枝商事の前社長・三枝藤四郎《とうしろう》の次男で、本体の三枝商事の社長は長男の清一郎《せいいちろう》が継いでいる。

「なんか、威圧感たっぷりのおじさんだねえ」

伏木が言う。

五十五歳になる三枝征四郎は目鼻立ちがはっきりとしていて、顔も角張っている。筆で描いたような太い眉毛は逆ハの字に吊り上がり、大きな両眼には見る者を威嚇《いかく》するような光を宿していた。

「会場でも異彩を放っていたわ。ネクタイもラペルピンも金ぴかだったし」

凜子は智恵理を見た。

「チェリー。三枝の周りにいた男たちのリストは？」

「別ファイルです。デスクトップの０３２ですね」

智恵理が説明する。

凜子は画面をデスクトップに戻し、032ファイルをタップした。顔写真とプロフィールが出てくる。

バックヤードから出てきて三枝に近づいた男の一人、サラリーマンふうで筋肉質の男は小林《こばやし》実《みのる》という名の男だった。四十二歳で、SAEGUSAコンソーシアムの常務だ。

もう一人の薄毛の男は、寺内和彦《かずひこ》という五十歳の男だ。農林水産省食料産業局環境技術革命総合戦略部に所属している。

「この環境技術革命総合戦略部というのは、何？」

凜子が訊いた。

「農林水産資源と他分野の技術を融合して、新しい産業を興すための研究部門です」

「新しい農業や漁業を創るというのか？」

伏木が疑問を口にする。

「それだけじゃなくて、医療分野やエネルギー分野など、他業種に亘《わた》る新産業の創設を目的としているみたいだよ」

「新産業の創設ねえ。こうした文言を謳《うた》う部署のほとんどは何をしているかわからない怪しい部署だね」

「クラウン。先入観は持つな」

周藤が伏木を見据える。

「そういうファルコンは、どう見てるんだい?」

伏木が返す。

「SAEGUSAコンソーシアムがエネルギー開発を担当していて、農水省の役人もまたエネルギーに関わる部署にいる。その二人が接しているということは、何かあるのだろうとは推察できる」

「でしょ」

小鼻を膨らませる。

「だが、それが三枝征四郎と寺内和彦を繋げているという確証はない。因果関係がはっきりしないうちは、あらゆる可能性を視野に入れる。そういうことではないか?」

周藤は静かに伏木を見つめた。

「まあ、そういうことだけど……」

伏木が渋い表情を覗かせる。

「はい、クラウンの負け」

「負けちゃいないよ、チェリー。いや、勝ち負けではないだろう」

「似たようなものじゃない。とにかく今は先入観を持たないということに異論はないでしょ?」

「異論はない」

伏木が頬を膨らませた。

智恵理は凜子と目を合わせ、肩を竦《すく》めて微笑んだ。

「そういえば、サーバルからの報告の件はどうなってるんだ？」

伏木は話題を変えた。

「それも調査済み。ファイル０４５をどうぞ」

智恵理がタブレットに目をやる。

伏木は画面をタップして、ファイル０４５を開いた。

智恵理は神馬から報告を受けたＮＰＯ法人〈地球の緑を守る会〉の調査結果を、ファイルにまとめていた。

設立者は、帝林大学の及川徳治教授と野党社会自由党の衆議院議員・岩橋直樹の二人だった。

及川は帝林大学で環境工学部の教鞭《きょうべん》を執《と》っている環境問題の第一人者だった。日本の農林水産資源を守るためには、これ以上、自然破壊を進めてはいけないという立場を取っている環境保護派の先鋭である。テレビでコメンテーターを務めることもある著名人だった。

岩橋もまた、野党第一党の社会自由党で環境問題を担当する環境保護派の急先鋒《せんぽう》だ。環境保護の市民団体出身で、及川と同じく、自然保護の運動で名を上げている。

〈地球の緑を守る会〉は、代表者の知名度もさることながら、時に過激とも思える抗議活動でも有名だ。

開発業者に手を出すことはない。だが、トラックの出入口に十数人で押しかけ何日も座り込みをしたり、右翼さながらの街宣車を使い業者の近隣でがなり立てたりと、自分たちが〝悪〟と定めた相手には容赦のない抗議行動を行なう。

同会に狙われ、開発を断念した業者も数多い。それがまた評判を呼び、会には全国からの問い合わせが殺到する。同時に環境問題に興味のある若者たちの受け皿にもなっていて、ボランティア人数の増加にくわえ、活動範囲の広範囲化に開発業者は頭を痛めているという報告もあった。

「これだけ見ると、総会屋のやり口によく似ているけどね。業者とNPOの間で金銭授受はないの？」

伏木が智恵理を見た。

「調べた限りでは見当たらない」

「純粋に環境保護活動をしているということ？　だとすれば、資金は社会自由党から出ているのかしら」

凜子はタブレットを見つめた。

「寄付金が主だと思います。ＮＰＯ団体の中では寄付金の額は突出していますし、及川教授や岩橋議員の名前で出た本もそこそこ売れています。区分経理もしっかりとしていて、会計上の問題は見当たりません」

「純然たる市民団体というわけか。厄介だね。サーバルの報告も納得か」

　伏木は神馬の報告を見ながら言った。

　神馬は、小学校の校庭で見聞きしたことをそのまま智恵理に報告していた。

「ということは、今回の遠州中央漁協の漁船放火事案とＥＭＰリゾートのトラブルに、この団体も関係しているということかしら」

　凛子が訊く。

「直接か間接かはわからないが、〈地球の緑を守る会〉がＥＭＰリゾート開発をターゲットにしていた可能性はあるな。その抗議活動に業《ごう》を煮《に》やしたＥＭＰリゾート側が直接的な行動に出たということも考えられる」

「どうする、ファルコン？」

「そうだな……」

　周藤は腕を組み、タブレットを睨んだ。

「クラウンは予定通り、ＥＭＰリゾートに潜入してくれ」

「了解」

伏木は歯切れよく答えた。

「リヴは、SAEGUSAコンソーシアムに潜入してくれ」

「EGIはどうするの？」

「そっちは俺が調査する」

「わかったわ」

凜子が頷いた。

「チェリー」

「はい」

顔を上げ、じっと周藤を見つめる。

「君は〈地球の緑を守る会〉が関係している係争地を割り出して、その中でEMPリゾートが絡んでいるところを抜粋してくれ。それと、及川教授と岩橋議員の人間関係もわかる範囲で調べておいてほしい。寺内和彦についても頼む」

「わかりました」

「ファルコン。NPO本体の調査はいいのかい？」

「それは考えてある」

周藤は笑みを浮かべた。

7

「おい、ファルコン！　それはねえぜ。おい！」

神馬はスマートフォンに怒鳴《どな》った。

が、周藤からの電話は一方的に切れた。

「まったくよお。人使いが荒いぞ」

文句を垂れ、スマホを睨みつける。

「どうしたんだい、サーバル？」

「ポン。仕事の話だ。ちょっと来い」

「戻るんですか？」

栗島は眠っている洋幸に目を向けた。

「そうじゃない。といって、こんなところで仕事の話はできねえだろ。すぐに終わるからついてこい」

神馬はスマホをジーンズの後ろポケットに突っ込み、病室を出た。栗島も渋々席を立つ。

廊下へ出ると、ドア前で警備をしていた警察官が立ち上がった。

「何かありましたか？」

「いや、米田とメシを食いに行こうと思いまして。頼んでいいですか？」

「ええ、かまいませんよ。ごゆっくり」

警察官は笑顔で二人を送り出した。

神馬と栗島は病院のコンビニエンスストアでパンを買い、病院の外へ出た。遊歩道の奥へ進み、ベンチに座る。春とはいえ、夜はまだ肌寒い。

「食っとけよ」

神馬は言い、自分が手にしたパンの包装を開け、かぶりついた。

栗島もあんパンの袋を開けて、ぼそりとひと齧《かじ》りした。

「で、ファルコンは何と言ってきたんです？」

「心配するな。ポンはそのままあの男に付いていていいってよ」

「そうですか」

栗島の目尻がふっと下がった。

「で、サーバルは？」

「NPOに潜入しろって」

「NPOって、さっきサーバルが小学校で会ったという人たちのことですか？」

「そうそう。なんでも、今度の漁船放火事件に関係しているかもしれないんだってさ。せっかく、ポンのお目付役をしながらのんびりできると思ったのに。ファルコンも休ませてくんねえよな、ホント」

神馬がぼやく。

栗島はふっと微笑んだ。

「でも、ヘンですね。あの漁港の買収にEMPリゾートが絡んでいたとはいえ、EMPリゾートに潜入するならまだしも、対立するNPO団体に潜入しろだなんて。何か、NPOを疑う動機でもあったんでしょうか？」

「さあ。ファルコンの考えていることはよくわからないからな。ともかく、明日からおれは病院を離れなきゃいけないから、気をつけておいてくれ」

「何か気になることでも？」

「まあ、杞憂《きゆう》だと思うんだけどね。昼間、例の校庭でNPOや漁師の連中を見張っているやつらがいた。スーツを着て、会社員を気取っているが、人相がちょっとばかり悪かった。EMPリゾートの関係者か、頼まれて抗議活動を監視している連中かは知らねえが、妙な連中がうろつくところにトラブルは付き物だ。入院中の男、おそらく遠州中央漁協に関係しているだろうから、何らかのトラブルに巻き込まれないとも限らない。何かあれば、すぐおれに連絡しろ。おれが最も速く駆けつけられるからな」

「わかった。サーバルも気をつけて」

「おれは心配いらないよ。あの町にいる連中が束《たば》になってかかってきたところで、おれにはかなわない。知ってるだろ、おれの強さを?」

神馬は片頬を上げた。

「そうだね」

栗島は笑みを返し、強く頷いた。

第三章　絡んだ糸

1

神馬は中平地区をうろつきながら、〈地球の緑を守る会〉のメンバーと接触する機会を窺《うかが》っていた。

そのまま飛び込んでみようとも思ったが、この時期に急に近づけば、かえって怪《あや》しまれる。何か絶妙の機会がないものかと、抗議活動を続けるメンバーらの動向を捕捉しつつ、じっと時を待った。

神馬が狙いを付けて、三日目の夜のこと。その機会は訪れた。

〈地球の緑を守る会〉のメンバーは、活動に賛同してくれている漁民の家に寝泊まりし、深夜のパトロールを行なっていた。EMPリゾート社員の嫌がらせを警戒してのことのようだ。その日の夜も、NPOメンバーが二人一組となって、町を見廻《みまわ》っていた。

神馬はパトロールに回る二人組の後をついて回った。

と、小学校裏手の薄暗い路地で、パトロール隊の前を塞《ふさ》ぐように、スーツを着た男が数名現われた。

スーツの男たちはたちまち二人組を取り囲んだ。

「なんだ、君たちは！」

パトロールの男の声は上擦《うわず》っていた。街灯の明かりが男を照らす。顔が見えた。

「あれは、田中か」

神馬は笑みを浮かべた。

パトロールに出ていた男の一人は、校庭で神馬が話しかけた田中だった。

田中は、いきなり胸ぐらをつかまれた。踵《かかと》が浮き上がり、手に持っていた懐中電灯を落とした。

「こ、こんなことして、許されるとでも思ってるのか！」

田中が声を張る。が、語尾が引きつっている。

「戦うんじゃねえのかよ……」

神馬は失笑した。

「仕方ない。助けてやるか」

物陰から歩み出ようとする。

「磯部洋幸はどこにいる？」

田中をつかんでいる男が言った。

神馬は脚を止めた。男の言葉に耳を傾ける。

「し、知らない……」

「磯部洋幸は生きているだろう。どこにいるんだ？」

男が田中の襟首《えりくび》を締め上げる。田中と同行したもう一人の男も別のスーツ男につかまれ、同じことを詰問されている。

「こいつら、あの男を捜しているのか」

神馬はスマートフォンを取り出した。栗島のアドレスを表示し、メールを打つ。

〈何者かが磯部洋幸という男を捜している　要注意〉

すばやくメールを送信し、スマホを切った。

骨を打つ音が聞こえた。田中が殴られ、転がっている。

「そろそろだな」

神馬はスマホをポケットにしまい、物陰から躍《おど》り出た。

田中は地面にうずくまったままだった。スーツの男は右脚を振り上げた。

「さっさと知ってることを吐け！」

右脚を振り下ろす。田中の横腹に右足の甲が迫る。

神馬は男に駆け寄り、地を蹴《け》った。影が舞い上がる。上がりざま右脚を伸ばした。神馬の靴底《くつぞこ》がスーツ男の頰を捉えた。

男の相貌が歪《ゆが》んだ。弧を描くようにふわりと浮き上がる。神馬が軽やかに着地する。跳び蹴りを食らった男は、後を追うように横倒しになり、半回転して路上に伸びた。

「なんだ、てめえは！」

もう一人の男を囲んでいた男たちがいきり立つ。

神馬は素早く駆け寄り、田中の仲間をつかんでいる男の背後に回った。脇腹に思いきりフックを叩《たた》き込む。

「ぐええ……」

男が目を剝《む》いて身を捩《よじ》る。思わず田中の仲間から手を離した。

「あんたは！」

田中が立ち上がった。

「田中さん！　ここは任《まか》せて、逃げろ！」

田中の仲間の腕をつかみ、田中の方へ投げる。

田中はよろけた仲間の身体を受け止めた。

「僕たちも！」

田中がふらふらと神馬に近づこうとする。

「逃げろと言ってんだ！」

神馬は田中を見据えて怒鳴《どな》った。

田中は身を竦《すく》めた。目で礼を告げると、仲間を連れて去って行く。

「待て、こら！」

囲みを解かれた男たちが後を追おうと吼《ほ》える。神馬はその男たちの前に立ちはだかり、道を塞いだ。

立っているのは三人だった。すでに二人の男が神馬の跳び蹴りとレバーフックを食らい、地に伏していた。

三人の男は神馬と対峙《たいじ》した。

「何者だ、てめえ……」

「それはこっちが訊《き》きたい。答えてくれれば、腕一本で許してやるぞ」

神馬は笑みを浮かべた。

「調子に乗ってんじゃねえぞ、ガキが」

真ん中の男がナイフを抜いた。両脇の二人もナイフを握る。

「あーあ、おれに刃物を向けやがった。てめえら、腕一本じゃ済まねえな」

「やってみろ、こら！」

正面の男がナイフを突き出し、突っ込んできた。

神馬の上体が陽炎《かげろう》のように揺らいだ。切っ先が神馬の胸元に迫る。神馬は右足を引き、半身になった。切っ先が残像を貫《つらぬ》く。

男は神馬の動いた方向に、ナイフを振ろうとした。しかし、その時には神馬の左手に右手首を握られていた。神馬は男が腕を振った方向に半回転し、腕を引いた。男の上体が前のめった。勢いの付いた身体が倒れそうになる。

瞬間、神馬は手首に向かって、右脚を踏み入れた。突然勢いを止められ、男の右手首が内側に折れ曲がった。右手の甲に手のひらを添える。と、男の身体がふわっと浮き上がった。宙で回転し、首から落ちる。

男は首をくの字に折り、気絶した。折れた右手からナイフを抜き取る。残った二人の男が同時に神馬に迫った。左右から神馬の腹を狙い、切っ先を突き出す。

神馬は右に踏み出した。右側の男がナイフを突き出す。神馬は刃で切っ先を受け流した。男のナイフの尖端《せんたん》は軌道を変えて曲がった。神馬の前を通り過ぎる。勢いが止まらないまま、仲間へ突っ込んでいく。左から来た男も止まらない。

二人は仲間同士で正面からぶつかった。呻《うめ》きが漏れた。一人のナイフは仲間の脇腹に、もう一人のナイフは仲間の右上腕に突き刺さった。脇腹を刺された男が膝を落とす。右上腕を刺された男も腕を押さえ、片膝を突いた。

「相討ちとはみっともねえな」

　右上腕を刺された男に歩み寄る。背後に回って喉元にナイフを当てた。同時に右上腕に刺さったままのナイフのグリップを握る。

「さてと。てめえら、何者だ？」

　神馬は喉仏に刃を押し当てた。

「ＥＭＰリゾートの連中か？」

　再度訊くが、男は黙っている。

「そうかい。殺しは面倒だからな」

　神馬は右上腕のナイフを突き入れた。

　男が顔を歪めて呻く。

「もう少し動かすと正中《せいちゅう》神経に当たるな。知ってるか？　正中神経が切れちまえば、二度とおまえの右手は動かない。どうする？　右手だけじゃなく、四肢を動けなくすることもできるぞ」

　神馬は刃先を動かした。傷口からじくりと血の泡が湧き出す。

　その時、背後から多数の足音が聞こえた。神馬が一瞬、手を弛《ゆる》めた。

　男が頭を振り、後頭部で神馬の顔面を打った。神馬はたまらず手を離した。

　すぐさま男が立ち上がった。周りの男たちを蹴り起こす。意識を失っていた男たちが喧《けん》噪《そう》に気づき、ふらつきながらも立ち上がる。そして、次々と逃げ始めた。

「てめえら、待て！」

神馬は追おうとした。

背後から声が聞こえる。神馬は追うのをやめた。

「大丈夫か！」

「忘れもんだ」

最後尾をよたよたと走る男にナイフを投げた。ナイフが左肩口に刺さる。男は膝を崩したが、振り返りもせず、暗闇に消えていった。

まもなく、ＮＰＯのメンバーたちが神馬の下に到着した。神馬は片膝を落とした。

「大丈夫ですか！」

駆け寄ってきたのは田中だった。

田中は神馬の顔を見るなり、眉尻を吊《つ》り上げた。

「殴られたんですか！」

「ああ。でも、たいしたことはない」

神馬は笑顔を作って腫《は》れた頬を撫《な》でた。

ＮＰＯメンバーと漁師が逃げた男たちを追った。田中ともう一人の仲間が神馬の脇を支え、立たせた。

「お宅はどちらですか？　確か、青年部の漁師さんだと」

「それなんだが、田中さん。すまない、おれはここの漁師でも何でもないんだ」

「えっ？」

「近隣の町に住んでいる者なんだが、ここで漁船放火事件があったとニュースでやってたんで、冷やかし半分に見に来たんだよ。その時、小学校の校庭であんたらを見て。何してるのか気になって、漁師を装《よそお》って聞いてみただけなんだ」

「そうですか。でも、なぜ今ここへ？」

「それが……。ちょっと照れくさいんだけど、田中さんが〝戦うんだ！〟と言っていたことに感銘を受けちまって。おれ、地元では働かずにふらふらしてたんだよ。やることもないしクサクサの毎日だったんだけど、あんたらみたいに自分とは直接関係ない誰かのために戦う人たちもいるんだと思ったら、おれ、何してんのかなって。それで……」

　神馬は少し目を伏せ、顔を上げた。田中を見つめる。

「それでさ。なんかもし、おれでも手伝えることがあるなら、やらせてもらえないかなと思って。それを言いたくて、何度か足を運んでたんだけど、言い出せなくて。そうしたら、田中さんがヘンな連中に襲われていたんで」

「そうだったんですか。僕たちは歓迎しますよ。なあ！」

　田中がもう一人の仲間を見やる。

「ええ。志を同じくする人は大歓迎です」

もう一人の仲間も熱く頷《うなず》く。田中によく似て、ひょろっとして頼りなさそうな青年だった。

「ありがとう。おれ、高橋《たかはし》と言います」

神馬はそう名乗った。

「改めて、僕は田中。隣にいるのは、中山《なかやま》です」

「中山です。高橋君。僕らと共にこの漁村を守りましょう」

鼻息を荒くする。

「ともかく傷の手当てを。僕たちは支援者の家に泊めていただいているんです。僕がお世話になっている家に行きましょう」

「田中さん。中山さん。ありがとう」

「いやいや、僕こそ助けてもらってありがとう。代表はおいおい紹介するとして、今日は傷の手当てをしてゆっくり休んでください」

田中と中山が神馬を連れて坂を下る。

不意に頭突きを食らった時は殺してやろうと思ったが、役に立ったな、この傷。神馬は頬を二、三度動かし、田中と中山に連れられていった。

2

「大泉《おおいずみ》さん。この伝票の入力をお願いできますか?」

「承知しました」

凜子は経理課長から伝票の束《たば》を受け取り、自席へ戻った。

凜子が〝大泉景子《けいこ》〟という名前で、SAEGUSAコンソーシアムの経理部に派遣社員として潜《もぐ》り込んでから、もう一週間になる。

潜入は簡単だった。某有名政治家の遠縁にあたる令嬢ということに、凜子はなっていた。代議士からの推薦状も第三会議を通じて手に入れてある。上場企業は政界とのコネは一つでも二つでも欲しい。真偽はともかく、派遣社員として飼っておく程度なら何ら問題はない。

凜子はワインレッドの眼鏡《めがね》を掛け、グレーを基調としたタイトなスカートスーツを身につけていた。出立《いでた》ちは地味だが、バッグや時計はブランド品で揃《そろ》えている。派遣社員ではあるが、他の女性社員とは違う趣《おもむき》だった。

SAEGUSAコンソーシアムは、東京丸《まる》の内《うち》にある三枝ビルの十八階にある。三枝商事の自社ビル内だが、十八階フロアはすべてSAEGUSAコンソーシアムのオフィスだった。

三枝征四郎の社長室はエレベーターホールから向かって左の奥にある。三枝は社長室からめったに出てこない。用事がある際は常務の小林実が各部署を回って声を掛け、必要があれば社員を社長室まで連れて行く。

トップの顔が見えるオープンフロアが主流の中、三枝征四郎は旧態依然とした会社のスタイルを貫《つらぬ》いていた。老舗《しにせ》商社にはよくある話だ。それだけに社員も封建的な姿勢の者が多く、強きを助け弱きを挫《くじ》くような言動がまかり通っている。

ただ、凜子に対しては上司といえども敬語だった。政治家の縁者だからだ。権力や肩書に弱いあたりも、社員が官僚化している証拠だ。

新しく起《た》ち上げたエネルギー関連の会社らしいが、中身は古き悪《あ》しき体制と変わらない。

しかし、凜子には好都合だった。

新参者ではあるが、権威をちらつかせれば、立場のある者に簡単に接触できる。実際、わずか一週間ながら、部長クラスの人間のほとんどと面識を持った。取締役の何人かとも挨拶を済ませている。

ただ、なかなか常務の小林や三枝とは機会がなかった。小林とは部署回りの際、挨拶は交わしたがそれ以上の接触はなかった。

とはいえ、凜子は焦っていなかった。逆に、小林たちの目が届いていない間に、経理事情を探ることができる。

潜入後、凜子は仕事を覚えるためと称してサービス残業をし、表に見えるＳＡＥＧＵＳＡコンソーシアムの経理データを少しずつ集めていた。

ＳＡＥＧＵＳＡコンソーシアムの主な収入源は、鉱石や天然ガス等の輸出入の仲介だ。エネルギー関連の事業としてはごくごく当たり前の収入源だった。

ただ一つ、気になる項目があった。

研究開発費という項目だ。

個別に何をどう開発し、研究しているのかはわからない。が、研究開発費は実に総収益の七割にもあたる支出を生み出している。輸出入事業での黒字は堅調ながら、研究開発費の支出が大きすぎて年間利益はそう多くない。ややもすると赤字になりかねない金額も散見する。

エネルギー関係の研究開発といえば、石油や天然ガスの埋蔵場所の調査や掘削《くっさく》技術の研究、あるいは風力や波力、太陽光などの新エネルギーの研究開発などが考えられる。が、仮に石油や天然ガスの掘削技術を研究しているとしても、一企業としてかける研究開発費としては、収益の七割を超える投資額は大きすぎるのだ。

凜子は眼鏡に仕込んでいるカメラを使い、これらのデータを収集しては、智恵理に渡して解析に回していた。

凛子が経理課長に頼まれた伝票の打ち込みをしていると、小林が経理部のフロアへ入ってきた。凛子は目の端で小林を捉えつつ、仕事を続けていた。

いつもは部長と課長のデスクに回り、何やら指示をして帰るだけだ。だが、小林は部、課長のデスクには回らず、まっすぐ凛子の下へやってきた。

「大泉君」

「何でしょう?」

手を止めて、笑顔を向ける。

「社長がぜひ話をしたいとおっしゃっている。よろしいかな?」

「私はかまいませんが、まだ仕事が……」

「上野《うえの》君!」

小林は経理課長を呼んだ。

すぐさま上野が飛んでくる。

「社長が大泉君と話がしたいとおっしゃっている。今、彼女が抱えている仕事を他へ回してもらいたいのだが」

「承知しました。大泉さん、ここはもう大丈夫なので、小林常務に同行しなさい」

「はい」

凛子は途中の伝票をまとめ、デスクの隅《すみ》に置いた。

小林の後について、オフィスを出る。社員たちはちらりと見ては目を逸《そ》らす。微妙な距離を感じさせる視線で凛子を見送った。

後ろから見ると、小林の僧帽筋《そうぼうきん》は肩パッドのように張っている。

「あの、小林常務」

「なんだ？」

「失礼ですが、何かスポーツをおやりですか？」

「どうしてだ？」

肩越しに見やる。

「いえ。引き締まった上半身をしているので、何かトレーニングでもしてらっしゃるのかと思いまして」

さりげなく訊く。

「トレーニングジムに通っているんだよ。サラリーマンも体力が資本だからね」

小林は興味なさそうに素《そ》っ気《け》なく答えた。

ジムねえ……。目を細めて、小林の背中を見つめる。

「いいことですね。伯父《おじ》にも聞かせてあげたいです」

「大泉先生は痩身《そうしん》ではないか」

「細すぎるんですよ。もう少し、お肉が付いたほうが貫禄が出ていいかなと思いまして」

「わざわざ太ることはない」

小林が言う。

凜子は、ストイックな部分を小林に感じた。

社長室の前に着くと、小林がノックをする。中から返事が聞こえた。小林はドアを開け、凜子を促した。

凜子はドアロで一礼し、中へ入った。

「よく来てくれた。座りなさい」

三枝征四郎は浅黒い肌に白い歯を覗《のぞ》かせた。今日も金色のネクタイと金のロレックスで胸元と手元を飾っている。オールバックに流した艶《つや》やかな髪は、一昔前の政治家か企業人のようだ。

「失礼します」

凜子はテーブルを挟んで差し向かいのソファーに浅く腰かけ、背筋を伸ばした。

「話があるとお聞きしましたが」

「いや、たいした話ではないんだよ。君にまだ挨拶ができていなかったと思ってね」

「一介《いっかい》の派遣社員にご挨拶とは、恐れ入ります」

太腿《ふともも》に手を置き、会釈をする。

「まあまあ、かしこまらずに。コーヒーでいいかな？」

「せっかくですので、いただきます」

凛子がかしこまる。

三枝が小林を見た。小林は頷き、社長室左手のドアの奥へ入った。まもなく、女性秘書が出てきた。トレーには二つのカップを載せている。用意していたようだ。室内にほろ苦いコーヒーの香りが広がった。

女性秘書が慣れた手つきでソーサーごとカップを置いた。

凛子はソーサーを取り、カップの取っ手に手を掛けた。一口含む。焙煎《ばいせん》の利《き》いた濃厚な香りが鼻を抜ける。

「あら。これ、ひょっとして丸山珈琲《まるやまコーヒー》ですか？」

「ほう、その通りだよ。わかるのか？」

「ええ。伯父様の別荘にお邪魔した時、同じような香りのコーヒーをご馳走《ちそう》になったことがありまして」

凛子は静かに答えた。

紹介者の大泉美喜夫《みきお》は軽井沢《かるいざわ》に別荘を持っていて、丸山珈琲のオリジナルブレンドを好み、来訪者にも勧めるという情報を得ていた。凛子は万が一、三枝に大泉のことを訊かれた場合に備え、ブレンドを取り寄せ、味わっていた。

「私も一度、大泉先生とお会いした時、丸山珈琲のオリジナルブレンドを勧められてね。それ以来、ここのコーヒーを取り寄せて飲むようにしている。よかったよ、姪御《めいご》さんの口に合って」

三枝の笑みが濃くなった。

備えあれば憂いなしね。凜子も微笑みを返した。

「先生はお元気かな？」

「はい。お正月に会いましたが、まだまだ若い人たちに負けないくらい元気です」

「それはよかった。私もご挨拶へ行かなければと思っているんだがね。何せ、仕事が忙しすぎて、こうしてコーヒーをゆっくり飲む暇もめったにない」

「お察しします。伯父もそうですわ。一線に立つ方々は本当に大変だと、母も言っておりました」

カップをソーサーに戻す。

上目遣いに三枝を見る。三枝の頬はますます綻《ほころ》んでいた。権威を讃《たた》える言葉は好物のようだ。

「ところで、仕事のほうはどうです？」

「はい。部課長を始め、先輩方にも親切に教えていただいて、なんとかご迷惑を掛けずに続けられています」

「それはよかった。こう言うのも手前味噌《みそ》だが、うちの社員は思いやりに溢《あふ》れたいい者ばかりでありがたい限りだよ」

そう言い、笑い声を立てる。

社長にとってはそうなのだろうな、と凜子は思う。

一週間就業してみてわかったのは、この会社が三枝征四郎のワンマン会社だということだった。

征四郎は本体三枝商事の創業者一族で、前社長の次男。系列会社の社長ではあるが、本体との繋《つな》がりが濃いのは明らかだ。そのような人物に逆らう者はいない。取り巻きだけでなく、一般社員も三枝の前ではいい顔をしているのだろう。

「まあ、こうして大泉先生と関係のある方にお越し頂いたのも何かの縁だ。これを機に、大泉先生のお力になれればと思いますよ、私は」

「伯父も喜びます」

「そういえば、大泉先生は今回の組閣で経産大臣になるかと思っていましたが」

「そのあたりの事情は私が知るよしもありませんが、漏れ聞こえてくるところですと、伯父は残念がっているようですね。経済には一家言ある方ですから」

「あきらめてはいないということですか？」

「さあ……。訊いてみましょうか？」

凜子は三枝を見た。

「いやいや、ちょっと気になっただけでね」

三枝はそらとぼけて、コーヒーを口に含んだ。

わかりやすいごまかし方だった。凜子は少々カマを掛けてみることにした。

「あ、そういえば、お正月に会った時、こんなことを言ってました。どんな形であろうと、エネルギー政策には関わっていきたいと。戦後、物資難で苦労された方ですから、日本の食料やエネルギー事情には思うところがあるのでしょう」

三枝を一瞥《いちべつ》する。

三枝は凜子を見やり、両眼をぎらつかせていた。

「具体的にどんなエネルギーに興味を抱いていたかな？」

身を乗り出して訊いてくる。

「そうですね……。新エネルギーに興味を示していましたね。風力とか太陽光。あと、未開発のエネルギーにも興味を抱いていたようでした。私にはエネルギー全般の話にしか聞こえませんでしたが、近くにいた方がそのようなことをおっしゃっていたので」

「メタンハイドレートは？」

「メタンハイドレートですか？」

凜子は小首を傾《かし》げた。が、腹の中ではほくそ笑んでいた。

「君だから話しておくが……、実は、我が社の主力はメタンハイドレートの埋蔵地の探索と採掘技術の開発なんだよ」

「お聞きしていいのかわかりませんけど……」

「何でもどうぞ」

三枝が笑顔を作る。

「研究開発費というのは、メタンハイドレートの探索と採掘技術の研究に充《あ》てられている費用ということですか？」

「よく気がついたね。さすがは大泉先生のご親戚だ。そういうこと。我々は将来のエネルギー事情を鑑《かんが》みて、独自に研究開発を進めている。この技術は、取り残した天然ガスや石油を探索、採掘するのにも役立つ。経理上では赤字すれすれだが、未来に巨額の富を生む事業なのだよ。我々の趣旨に賛同してくれる者もいる。大泉先生のような方にも賛同していただければなおさら心強い」

興奮気味に話している最中、はたと気づき、身を起こした。

「いや、君にお願いしようというわけではないので、誤解なきように」

「わかっています。ただ、社長が伯父と同じ志であることは、いずれ機会があれば伝えさせていただきます」

凛子は口角を上げた。

「それはありがたい」

三枝が小鼻を膨《ふく》らませる。

小林が近づいてきた。

「社長、そろそろ……」

腕時計を見せる。

「ああ。大泉君、申し訳ない。これから人と会う約束があるのでね」

「私こそ、長居してすみませんでした」

凜子は席を立った。

「貴重なお話を聞かせていただきましてありがとうございました」

深々と頭を下げ、社長室を出た。ドアが閉まる。

「なるほど、おもしろい情報ね」

凜子は片方の眉尻を上げ、オフィスに戻った。

3

ＥＭＰリゾート開発から連絡が来たのは、伏木との約束の三日を大幅に過ぎた一週間後のことだった。相手がこのまま無視するのであれば、別の手を考えなければ……と思っていたところに森下から連絡が来た。

東京支社に来てほしいとのことだった。

伏木は待ち合わせの午後三時に合わせて、品川にある東京支社に出向いた。

受付に顔を出すと、すぐさま森下が現われた。

「こちらへ」

森下は伏木をドアの外へ連れ出した。

「どこへ行くんだ？」

「来ればわかる」

森下はエレベーターに乗り込んだ。伏木も続く。森下は一つ上の階のボタンを押した。

ドアが閉じ、動きだす。

「上にも事務所があるのか？」

伏木が訊くが、答えない。

エレベーターは間もなく階上についた。ドアが開く。狭いエントランスは閑散としていた。正面のドアには明かりもネームプレートもない。空き部屋のようだった。

森下はドアハンドルを倒した。ドアを開け、伏木を促す。

「入れ」

「ちょっと待て」

伏木は二の足を踏んだ。

「俺は社長に会いに来ただけだ。わけのわからない連中と会いに来たわけじゃねえぞ」

「社長は中で待っている」

「真っ暗じゃねえか」

伏木がごねる。

森下はため息を吐《つ》き、手前の壁のスイッチを入れた。明かりが灯《とも》る。目の前に黒い壁があった。壁にはドアもある。

「大事な客と会う時には、ここを使うんだ。これでも信じられないというなら、そこで立って見ていろ」

森下は中へ入った。ドアへ歩み寄り、ノックする。

「社長。江田を連れてきました」

「入れ」

野太い声が響く。

森下はドアを開けた。奥が見えた。ソファーがある。ガラス窓を背に白いスーツを着た男が鎮座していた。細長い目をした男だ。間違いなく、多田武志だった。

「早く来い」

森下が手招く。

伏木は周囲を警戒しながら、森下の前を通り、ドアを潜《くぐ》った。

瞬間だった。ドアの両側から複数の男が同時に寄ってきた。伏木の両腕をつかみ、脚を払ってうつぶせに倒す。伏木は二人の男に腕をつかまれたまま引きずられ、多田の足下まで連れて行かれた。

森下がドアを閉じた。

伏木は顔を起こし、状況を確認した。

目の前には多田がいる。背後のドア口には森下が立っている。伏木の腕を押さえている男が二人。他に四人の男の脚が映った。計八人の男たちに囲まれた。

「まいったな……」

小声で呟《つぶや》く。

と、いきなり後頭部を踏まれた。多田だった。多田は問答無用に靴底で頭をこね回した。頬骨が薄いフロアラバーにめり込む。歪んだ口元からは涎《よだれ》が流れた。

「よく、のこのこと出てきやがったな、江田さんよ。てめえ、サツの犬だろう」

「はい？」

伏木は素《す》っ頓狂《とんきょう》な声を上げた。

「何を言ってるのか、意味がまったくわからないんですが」

とぼけると、多田はさらに頭を踏んできた。鼻頭が歪む。

「俺たちを甘く見るんじゃねえよ。この時期に、都合良く土地を売り込みに来るなどおかしいに決まっている」

多田が言う。

伏木はその言葉を聞き、腹の中でほくそ笑んだ。強気に出る。

「おいおい、社長さんよ。あんた、何を見てそんなこと言ってんだ」

「そういう臭いはわかるんだ」

「おいおいおい。ただの勘《かん》でこんな真似《まね》してんのか？　飛ぶ鳥落とす勢いのＥＭＰリゾートさんは案外チンケなんだな」

「なんだと？」

声色が気色《けしき》ばむ。

「ちゃんと俺のことを調べたのかよ。置いていった土地の資料も。何一つ、間違ったことは言ってねえだろうが。それとも何か？　土産《みやげ》に置いていったロレックスに盗聴装置でも仕込んであったってのか？　ふざけんじゃねえぞ、チンピラが！」

語気を強めた。

腹に響くほどの怒号に多田の脚や両腕を握っている男たちの手が弛《ゆる》んだ。その隙に立ち上がる。背後から森下の殺気を強烈に感じる。周囲を固めていた者たちも色めき立った。

伏木はふっと笑みを浮かべ、一同を睥睨《へいげい》した。

「いきり立つな、チンピラ」

視線を多田に向ける。見据《みす》えたまま、多田の向かいの席に腰を下ろした。ソファーに深く背もたれ、脚を組む。手のひらを頬に添え、何度か口を開いて動かした。

「痛えな、まったく……。もう一度訊くが、俺のことはちゃんと調べたのか？」

「おい」

多田は森下を見た。森下が他の部下に目を向ける。部下は部屋の脇に置いていたカバンから書類の入ったクリアファイルを取り、多田に手渡した。

多田はクリアファイルごと、伏木に放った。テーブルを滑《すべ》り、ファイルが足下に落ちる。伏木は身を屈め、クリアファイルを見て中身を取り出した。ざっと流し見る。

アントに仕込ませた情報が、そのまま記されていた。

伏木はクリアファイルに書類を戻し、放り返した。

「この情報のどこを疑っているんだよ」

ため息を吐いて、首を振る。

「確かにそのデータには問題ない。が、十年で十億もの取引を成立させているフリーディベロッパーなら、俺が知らないわけがない」

「それは、多田朗人の息子だからってことか？」

「親父の名前を出すんじゃねえよ」

多田が眉根を寄せる。

「悪いな。しかし、おまえが言っていることはそういうことだろう？　多田建設といえば、九州では知らぬ者がいないほどの大手ゼネコンだ。だがな」

伏木は右肘を膝頭に置き、身を乗り出した。

「所詮《しょせん》、九州の片田舎のゼネコンだ。何でもかんでも知っていると思うなよ」

「てめえ、俺をおちょくっているのか？」

細い目がますます細くなる。

「おちょくるなんて、とんでもない。すべてを知っている者など誰もいないということだ。違うか、多田さん」

背もたれに背を戻す。

「何はともあれ、その資料が信じられず、俺を犬呼ばわりするなら、こちらから願い下げだ。まあ、何があったのかは知らないが、そのくらい慎重なのはいいんじゃねえか？　急成長している会社だから商売敵《がたき》も多いんだろうよ。そのくらいは察してやる。今日の件はチャラにしてやるよ。じゃあな」

伏木は席を立った。

周りの部下たちを睨《にら》みながら、ドアロへ向かう。ドアの前で森下が立ちはだかる。

伏木は下から睨《ね》め上げた。

「どけ」

低い声で言う。森下は伏木を見下ろした。

「退《ど》けと言ってるんだ！」

再び、腹の底に響く怒声を放った。

すると、背後から声が掛かった。

「江田さん」

伏木はゆっくりと振り返った。

「わかったよ。俺が悪かった。あんたが持ってきた土地に興味はないが、それだけの腕があれば、うちの仕事には役立ちそうだ。年二千万で、うちと契約しねえか？」

「単年か？」

「最初はな。その後のことは一年経《た》ってからだ。幹部待遇で迎えるよ。悪くない条件だと思うが」

多田が伏木を見据える。

伏木は多田を見つめ、歩み寄った。

「手を煩《わずら》わせてすまなかった。しっかり働かせてもらうよ、多田社長」

伏木は右手を差し出した。

4

神馬が中平地区のNPOに潜入して、数日が過ぎた。田中と同じ家で寝泊まりし、夜間は主に田中とパトロールに出かけている。

潜入を終えた後、智恵理に連絡を取り、神馬の架空の身元を設定してもらった。中平地区では、浜松市浜北区《はまきたく》に住む高橋翔平《しょうへい》という二十三歳の青年ということになっている。

浜北地区に同名の人物がいて、学生の頃の素行はあまり良くなかった。現在は地元にいないこの男性の身分を借りた形だ。

人はどういう形であれ、素性《すじょう》が知れれば安心する。それが偽《にせ》の情報であっても。神馬だけでなく、D1メンバーはそのことをよく知っている。だから、万が一を考えて、アントを通じて、身辺調査されても困らない程度の手を打つ。

案の定、田中に仔細《しさい》を伝えると、まもなく神馬に内緒で他のNPOメンバーが現地へ調査に赴《おもむ》いたらしい。仲間に迎え入れたものの、どこかよそよそしかった田中や中山も、たちまち打ち解けてきた。

一度気を許すと、田中や中山はNPOの実情をぺらぺらと話してくれた。

設立者である及川徳治と岩橋直樹は、各地の係争地に一ヵ月に一回から二回顔を出し、抗議運動を鼓舞《こぶ》しているという。中平地区のように漁業を守る争いもあれば、ダム建設の反対運動、ゴルフ場の開発阻止など、環境保護団体が好んで活動する地域のほとんどに〈地球の緑を守る会〉のメンバーが送り込まれているとのことだった。

メンバーは、NPO事務所の専従職員数名を除いてはすべてがボランティアで、下は高校生から上はリタイアした団塊《だんかい》の世代まで様々だった。総勢は田中たちも把握していないと言うが、一漁村にも十名以上のメンバーを送り込んでいるところをみると、登録者数はかなりの数に上ると見られる。

活動費は寄付と出版物等の収益活動でまかなわれており、ボランティアにも日当五千円程度が支払われることもあるらしい。

係争地に送り込まれるメンバーは、ほとんどが係争地近隣に住んでいる支援者だが、時に本部付きのメンバーが東京からわざわざ送り込まれることもある。田中や中山は本部から送り込まれたメンバーだった。

中平地区に送り込まれた理由は、EMPリゾート開発が絡んでいるからだという。〈地球の緑を守る会〉は、定期的にターゲットを決め、自然破壊を助長している企業に激しい抗議行動を行なっている。現在はEMPリゾート開発に狙いを定めていて、東京で抗議活動を行なう傍《かたわ》ら、係争地にもメンバーを送り込み、徹底抗戦を続けている。

地元で手伝うメンバーに比べ、東京本部付きのメンバーはその言動も過激だ。開発業者を〝有害企業〟と呼び、ターゲットの会社が潰《つぶ》れようが何とも思わない。むしろ、そのことが社会に多大なる貢献をしたと自負している。理念思想というものは時に先鋭化し、過激の一途を辿《たど》るが、〈地球の緑を守る会〉にも似たような臭いが漂《ただよ》っていた。

そのせいか、中平地区での受け入れられ方の温度もまちまちだった。漁業を守りたいという意見が大勢を占めるが、それでもNPOメンバーの言動に辟易《へきえき》している者も少なくない。しかし、彼らはまるで意に介さず、我が道が正しいと信じ、活動を続けている。

神馬は彼らの主張に従うふりをしながら、情報を引き出していた。

その夜も、神馬は田中とパトロールに出ていた。

「そういえば、田中さん」

「なんだ？」

田中が背を反らす。先輩風を吹かせるのは一人前だった。

「こないだ、田中さんを襲った男が何か言っていたでしょう？　磯部洋幸はどこだとかどうとか。あれ、何なんですか？」

「そうか。君は、ここで何が起こったのかをまだ詳しくは知らないんだな」

「新参者ですから。けど、こうして参加した以上、正しく知っておきたいと思いまして」

「そうだね。磯部洋幸さんというのは、ここの漁労長さんの息子さんで、漁協の青年部長を務めていた人なんだよ。事件当日、洋上に逃げた放火犯とみられる船を漁船で追ったんだけどね……」

「死んでしまったのですか？」

「いや、遺体は見つかっていないんだけど、海上で洋幸さんの乗った船が半分近く沈没しているのが発見された。船体が真っ二つに折れて、爆発した様子もみられるから、生きてはいないだろうという話なんだ」

「ひどいですね、犯人は！」

「その通り。だけど、生きている可能性もあるので、メンバーには顔写真を送って、情報を提供してもらっているんだ」

「どんな顔ですか？」

「ああ、君に見せていなかったね」

田中はスマートフォンを出した。フォトギャラリーを開き、保存した画像ファイルを指でスクロールする。

「これだ、これだ」

田中が画面を神馬に向けた。

神馬の目が据わった。

ビンゴ！

心の奥で呟く。

画面に映っていたのは、まさに栗島たちが助けた男だった。

「見覚えはあるか?」

「いえ……。もっと他の画像はありませんか?」

「それがね。漁労長もこの町の人たちも、洋幸さんの写真はないと言うんだよ。おかしいと思っていたんだが、僕たちを襲ったような連中の存在を見越して、処分してしまったのかもしれないね」

田中は神馬にもデータを渡した。

やはり、そういうことかと思いつつ、言葉を続けた。

「この写真はどうしたんですか?」

「僕たちが活動中に撮ったものがあってね。それを回しているだけだよ。メンバー以外には見せていない。君も、他の者には何があっても見せないように」

「わかりました」

「パトロールを続けよう」

「はい」

神馬は田中と歩き始めた。

田中や家人が寝静まった頃、神馬はトイレに籠《こ》もった。

画像付きデータを栗島に送り、田中たちから仕入れた情報をD1オフィスにメールで送る。素早く処置はしているが、それでも十分弱はかかる。

と、トイレに近づいてくる足音が聞こえた。神馬はメールを送信し、スエットのポケットにスマホをしまった。

トイレに近づいてきた足音は手前で立ち止まる。ノックするわけでもない。じっと様子を窺《うかが》っている気配がする。

田中だな……。

神馬は感じた。

仲間に引き入れ、素性が割れたものの、まだ信用はしていないということらしい。

神馬は下っ腹に力を入れた。個室に響くほどの放屁《ほうひ》をする。

「はあ……」

大きく息を吐いて、乱暴にトイレットペーパーを取り、水を流した。足音が小走りで遠ざかっていく。

トイレを出ると、廊下の少し先から素知らぬ顔で田中が近づいてきた。

「あ、田中さん」

腹をさすってみせる。

「どうした？」

田中は空々しく訊いた。

「いや、何かにあたったみたいで。腹が痛くて仕方ないんですよ」

「薬をもらおうか？」

「いえ。家の人を起こすのは申し訳ないので、朝までなんとかがんばります」

「腹に何か巻いているといい」

「そうですね。田中さんは？」

「ああ、トイレに行こうと思ってね」

「今は、入らないほうがいいですよ。とんでもなく臭いですから」

神馬はそう言い残し、田中から離れた。

背中に視線を感じる。

「相当のタヌキだな、あの男……」

神馬は自分が借りている部屋へ入った。

5

周藤はこの数日、D1オフィスに籠もり、行方不明となっている警視庁組織犯罪対策部総務課マネーロンダリング対策室捜査第一係の野沢真也警部補が残したEGIに関する捜査資料を解析していた。

当初、周藤はEGI本体がEMPリゾート開発の後ろ盾《うしろだて》になっているのではないかと考えた。結月から、EGIは融資を成功させて利益を確保するか、優良企業を買い取り転売するかで儲《もう》けているとの話を聞いたからだ。

しかし、野沢の報告書を紐解《ひもと》くほどに、EGI本体が後ろ盾になっていることはあり得ないという実態がわかってきた。

EGIは実像を持たない組織だった。

シカゴにある本社では、経理担当の派遣社員が何者かの命令を受け、本社に集まっている金を各支社にばらまいているだけだった。

問題は、この〝何者か〟だ。本社で働く社員も、指示を出している責任者の姿を見たことがない。当然、登記簿上の取締役は名ばかりの存在で、実際に命令を出している〝何者か〟の実体はまったく知れない。

調べていくうちに、結月がEGIの資金を〝幽霊船の宝〟と揶揄《やゆ》した意味が明らかになってきた。

結月が示唆《しさ》したのは、ゴーストマネーのことだ。

現金とは本来、物品と同等の価値で交換する金や銀の鉱物のことを指した。それが、信用を担保にした紙幣へと形を変えていく。現代では、画面上に現われるドットの数字自体が貨幣価値を持つようになった。

このような、本来何の価値もないものに信用という担保を与えて、金と同様の価値を持たせた紙切れや数字をゴーストマネーと呼ぶ。

紙幣の登場で経済は激変した。金は容易に加工できないが、紙幣は紙に印刷するだけでいいからだ。地球上に存在する金以上の紙幣が世界中にあふれ返り、人々はそれを金のように扱い始めた。

さらにコンピューターの登場で紙幣すらも介在せず、現金取引ができるようになり、ゴーストマネーは一挙に世界中にあふれ返った。

やがて数字だけが飛び交うようになり、ゴーストマネーは実体を失った。どこの誰が管理し、どこの誰が誰に投資をし、利益を上げているのかがわからなくなった。まさに巨大な幽霊が世界の金融システムを駆《か》け巡《めぐ》っている。

EGIの本体は、まさにゴーストだった。

シカゴの本社の端末にのみ、その実体の片鱗《へんりん》を残しているだけで、指示を出している者も金を注《つ》ぎ込んでいる者の正体も定かではない。ただ数字だけが膨れ上がる。

もちろん、金銭のあるところに人は介在している。必ず、どこかに実体はあるのだろうが、本体を統括している者が単独なのか複数なのかも把握できない。また、仮に特定したとしても頭をすげ替えてしまえば済むことだ。

こうした巨額なゴーストマネーを扱う投資銀行や投資会社は世界中に暗躍していて、消えては現われ、現われては消えを繰り返している。時に、一国を破滅に導くほどの強大な力を持っているため、国際通貨基金やインターポールもその動向を追っているが、つかみ切れていないのが現状だ。

ただ、EGIの実態を知り、周藤はEGI本体とEMPリゾート開発との関連は薄いとみた。

そもそも実体のない組織が後ろ盾になること自体が不可能な話だ。また、EGI本体と関わりのある企業なら、第三会議に尻尾をつかまれるような安直な真似はしないだろう。EMPリゾートはEGIから見れば取るに足りない企業の一つだろうが、万が一、EMPリゾートが下手《へた》を打てば、それが蟻《あり》の一穴《いっけつ》になりかねない。EGIのような国際組織は当然、そうしたリスクを避《さ》けるはずだ。

精査していくと、EGI日本支社とEMPリゾート開発の仲介をした者がいるという結論に行き着いた。この結論は結月の話とも合致する。

結月は、多田建設ごときではEGIは相手にしない。もっと大きな窓口があると言った。調べるほどに、彼女の言葉の信憑性《しんぴょうせい》が増す。

今中黎一と多田武志を繋いだ者がいる。その人物が、多田武志率いるEMPリゾート開発の後ろ盾だと感じていた。

周藤は、マネーロンダリング対策室から借りてきた捜査資料のうち、ＥＧＩ日本支社に関するものだけを拾い出し、改めて情報を解析していた。

「ファルコン。コーヒー飲みますか？」

デスクで自分の仕事をしていた智恵理が声を掛けた。

「ありがとう。いただこうか」

周藤は顔を上げた。眼鏡を外し、指で目頭《めがしら》を揉《も》む。

「どちらで飲みますか？」

「ソファーがいい」

周藤は席を立ち、ソファーへ移動した。腰を下ろし、もたれる。身体が背もたれに沈む。

智恵理がカップを二つ手にして、歩み寄った。一つを周藤に渡す。周藤はカップを受け取り、コーヒーを口に含んだ。ぼやけていた身体が多少スッキリする。智恵理は斜め向かいの一人掛けに浅く腰かけた。

「何か出てきましたか？」

智恵理が訊く。

「めぼしいものは見当たらない。やはり、今中黎一の周辺を徹底して洗うしかないかもしれんな」

「私が手伝いましょうか？」

「いや、まだ俺一人で充分だ。他の動きはどうだ？」

「さっき、サーバルから連絡がありました。潜入先で入手した写真から、ポンとクラウンが助けた人は遠州中央漁協の磯部洋幸だということが判明しました」

「そうか。浜松のほうで何か動きは？」

「今のところ、目立った動きはないようです」

「クラウンとリヴの報告は？」

「クラウンからは、なんとかEMPリゾートに潜り込んだとの連絡がありました。リヴからは三枝征四郎と接触したとの報告と、研究開発費の使途についての報告がありました」

「何と言っていた、リヴは？」

「SAEGUSAコンソーシアムが巨額を投じているのは、メタンハイドレートに関するものだとのことです」

「メタンハイドレートか」

「収益の七割以上を研究開発費に注ぎ込んでいるようです」

「七割も か……」

周藤はカップに口を付けた。コーヒーを啜《すす》りながら、宙を睨む。

「何か気になることでも？」

「政府は、メタンハイドレートの商業利用を本格化させるための研究資金を計上すると聞いている。しかし、実用化するにはまだ二十年はかかるだろう。先を見据えて、私企業が研究開発費を投入するというのはわからなくもないが、収益の七割は多すぎる」

「本体が出しているんじゃないでしょうか？　三枝商事が」

「老舗商社ならなおさらだ。エネルギー関連への投資が過ぎると、屋台骨を揺るがす事態になりかねない。実態を知れば、逆に財務を改めさせると思うが……」

周藤はふっと顔を上げた。

「チェリー。EMPリゾート開発と〈地球の緑を守る会〉が係争している場所の特定は？」

「できています」

智恵理はデスクに手を伸ばし、タブレットを取った。ファイルを開き、簡易の日本地図を表示して、周藤に差し出した。

周藤は受け取ったタブレットの画面を見た。

「緑の丸はNPOが抗議活動をしている場所です。その中で、黄色で点滅している場所がEMPリゾートと争っている場所です」

智恵理が言う。

周藤は点滅している場所を目で追った。黄色の点滅は、九州から伊豆半島あたりまでの太平洋側に集中していた。

「点滅をタップすると、場所の詳細がわかります」

智恵理の言葉を聞き、周藤は人差し指で点滅をタップした。

数カ所をランダムに見てみる。ほとんどが漁港だった。その中には、先日、漁船放火事件があった中平地区もあった。

「なぜ、漁港にこだわる……」

周藤はタブレットを睨んだ。

「チェリー。リヴとクラウンにコンタクトを取って、二人に伝えてくれ。リブには、SAEGUSAコンソーシアムが関係しているメタンハイドレート掘削地の地図を。クラウンにはEMPリゾート開発が開発を進めている場所、及び、今後開発しようとしている場所の地図を、それぞれ入手するようにと」

「わかりました」

チェリーがカップを持って、デスクに戻る。

周藤もコーヒーを飲み干し、ソファーを立った。椅子《いす》に引っかけていた黒いジャケットを取る。

「出かけるんですか？」

「今中について、少々調べてくる」

「これからですか？」

壁に掛かった時計を見る。午後九時を回ったところだ。

「この時間だから取れる情報もある。適当なところで切り上げて、休めよ。このところ、俺に付き合って根を詰めていたからな」

周藤はそう声を掛け、オフィスを出た。

智恵理は周藤の残像を見つめた。

「ファルコンがいたから、残ってたんだけどな」

呟き、ため息を吐いた。

6

栗島は個室の窓際にあるソファーに座り、スマートフォンを握っていた。画面には神馬から送られてきた洋幸の写真が表示されている。

「やっぱり、そうだったのか……」

薄闇の中で寝息を立てる洋幸に目を向ける。

磯部洋幸だと判明すれば、彼の胸の内に巣くっている傷の正体もおぼろげに見えてくる。

おそらく、漁船に放火された時のことが強烈に焼き付いてしまっているのだろう。当時、洋幸がどういう目に遭《あ》い、どんな思いをしたのかはわからない。が、漁港、あるいは洋上で相当怖い思いをしたに違いない。それは、傷つき、海面を漂い、瀕死《ひんし》状態だった彼の姿から察しても余りある。

「ううっ……」

洋幸が呻いた。

栗島はソファーを立ち、ベッドサイドに歩み寄った。

洋幸は眉間《みけん》に皺《しわ》を寄せ、苦しそうに歯ぎしりをしていた。栗島は布団《ふとん》の上から胸元をぽんぽんと叩いた。もぞもぞとしていた洋幸が次第に落ち着きを取り戻し、また静かな寝息を立てる。

栗島には、洋幸の心痛が嫌というほどわかった。

トラウマにも様々なものがある。中でも、死に関わる事象のトラウマは、死への恐怖を伴って胸の奥に深く焼き付き、永遠に当事者を苦しめる。洋幸が生涯、このトラウマと闘わなければならないのかと思うと、自分まで苦しくなる。

洋幸が再び呻き始めた。

一晩に何度となく呻き苦しむ。栗島はそのたびに起き上がり、胸元に手のひらを添え、洋幸を落ち着かせた。

栗島がいつものように手のひらを置こうとした。

と、洋幸が口を開いた。

「知ってるぞ……」

寝言だった。呻き以外の言葉を吐いたのは初めてだった。

栗島は手を止めた。

洋幸は歯ぎしりをし、身悶《みもだ》えながら、言葉を吐いた。

「知ってる……おまえらの目的が……リゾート開発じゃないことくらい……」

途切れ途切れだが、はっきりとした言葉を口にした。

「リゾート開発じゃない？」

栗島が呟いた。

智恵理からの情報では、遠州中央漁協のある中平地区は、ＥＭＰリゾートによるホテル建設のための土地買収でトラブルが起こっていると聞いている。しかし、洋幸は確かに、目的はリゾート開発ではないと口にした。

寝言でしかない。だが、寝言だからこそ、心の底に焼き付いた懸念《けねん》が口を衝《つ》いて出たのだろう。

「彼らは何か別のことでトラブっていたのか？」

自分の思考を整理しようと、思いついたことを口にする。

「帰れ……帰れ！」

洋幸が怒鳴りだした。身体が大きく跳ね、点滴台が揺らぐ。

「洋幸君！　落ち着いて！」

栗島は洋幸の身体を押さえた。声を聞いて、廊下にいた制服警官が飛び込んでくる。

「どうかしましたか！」

「看護師さんを呼んでください。早く！」

栗島が声を張る。警察官はナースセンターへ走った。

「落ち着くんだ、洋幸君！」

耳元で叫ぶ。

洋幸が目を覚ました。動きが止まる。顔中に汗が噴き出していた。

栗島は洋幸から離れ、身を起こした。警察官と看護師が駆け込んでくる。部屋の明かりが点《つ》く。栗島はまぶしさに目を細めた。

「どうしました？」

「夢を見て、うなされたようです」

栗島が答える。

看護師は脈搏《みゃくはく》を確認しながら、瞳や顔色をつぶさに見た。

「うん、問題ないですね」

洋幸に向かって微笑み、傾いた点滴台を元に戻し、針を刺し直す。

「おそらく、もう大丈夫だと思いますが、また興奮するようだったら言ってください」

「わかりました」

栗島が返事をする。

「では、私は表にいますので」

警察官は看護師と共に部屋を出た。

「明かり、消そうか」

洋幸を安心させるように話しかける。

「そのままにしておいてください。暗くなるのが恐くて……」

「そうか」

栗島は笑顔を見せ、頷いた。

「目は閉じているといい。眠れなくても、そのほうが体力も回復するから」

「あの、米田さん」

「何かな？」

「米田さんは、どうして僕の世話をしてくれるんですか？　助けていただいた上に、病院でもお世話になっているのは心苦しくて……」

洋幸が言う。

栗島はベッドサイドの丸椅子に腰かけた。

「君の今の姿が、昔の僕に似ているから放っておけないんだ」

「米田さんも、漂流したことがあるんですか？」

「そういうわけじゃないけどね」

苦笑して、話を続ける。

「君は今、心に深い傷を負っている。僕にもそういう時期があったんだ。詳しい話は割愛するけどね。僕はそのせいで三年以上、自宅に引きこもった。そんな僕を救い出してくれたのは、仲間だったんだ」

「米田さんと一緒に僕を助けてくれた青柳さんのことですか？」

「彼もその一人。いろんな人の支えで外へ出られるようになった。他の人とも、こうして君とも話せるようになった」

遠くを見やる。

「そうした時期を乗り越えて思ったのは、不安な時に誰かがいてくれることほどありがたいことはないということ。誰かが接してくれているという事実が力をくれることだったんだ」

微笑んで、ゆっくりと洋幸に視線を戻す。

「君に何があったのかは知らない。でも、僕にはわかる。似たような境遇にいた自分だからこそわかる。今の君は自分が誰かも思い出せず、不安でいっぱいなはず。そういうときに誰かが付いていてくれるのは、ホッとするはずだ。違うかな？」

「……そうですね」

洋幸の目元が和《やわ》らいだ。

「今は何も気にしなくていい。ここにいるのは、僕のお節介に過ぎない。けど、今は素直にそのお節介に甘えておけばいい。僕もそうして立ち直った。苦しい時や辛《つら》い時に無理することはないよ」

「ありがとうございます……」

「さあ、寝ようか。僕が看《み》ていてあげるから、安心して」

「はい」

洋幸は笑みを覗かせ、目を閉じた。落ち着いた様子だった。

栗島は胸を撫で下ろす一方で、洋幸が口走った言葉が気に掛かった。

7

伏木はＥＭＰリゾート東京支社の社長室で、多田と酒盛りをしていた。多田と伏木の横には、社長室手前にある小スペースにいた秘書らしき女性が一人ずつ付いていた。

伏木の横にいたのは、最初にここを訪れた時すれ違った茶髪のロングカールの女性だった。美紗《みさ》というらしい。美紗は濃厚な香水を漂わせていた。ホステスさながらに伏木に密着する。時々、大きな胸を二の腕に押しつけてきた。鼻の下がついつい伸びる。

　森下は少し離れたソファーに一人で座っていた。

「社長。いいのかい？　社員に接待まがいのことをさせて」

「いいんだよ。こいつらはそのために雇ってるんだから」

　多田は、隣にいた黒髪のショートカットの女性を抱き寄せた。

「そりゃまあ、景気のいいことで。赤坂《あかさか》や銀座には行かないのか？」

　伏木が訊いた。

「あんなところに行ってどうするんだよ。たいした女もいないくせに、バカ高い料金を払わされて、こんなことすらできない」

　多田が女の乳房を握る。女性はくすぐったそうに背を丸め、笑った。

「飼うなら、愛人に限る。違うか、江田さん」

「それはますます景気のいい話だな。ここを選んで正解だった」

「あんた、なかなかいい目利きをしてるよ。持ってきた土地もたいしたもんだな。リニアの開通を見越しての買収だろう？」

「わかりましたか」

「おいおい、俺もこう見えて、ゼネコンの社長の端くれだぞ」

「失礼しました」

軽く頭を下げる。

「おもしろいやつだな。まあ、これからもよろしく」

ブランデーのグラスを持ち上げる。

伏木もグラスを取った。重ねると、澄《す》んだグラスの音が部屋に響き渡った。互いにグラスを空ける。美紗がボトルを取り、それぞれのグラスにブランデーを注いだ。

「そうそう。社長にちょっと聞きたいことがあったんだけど」

「なんだ？」

「……いや、酒の席で聞くことでもないか」

「遠慮するな。言ってみろ」

「じゃあ、遠慮なく聞きますけどね。俺が持ってきた土地は、社長のお察し通り、リニアの路線が通る予定の土地です。今、手を付けておいて、時期をみて転売すれば、かなりの利益が上がるはずです。しかし、社長はそんな土地など目もくれない。EMPリゾートさんのことはしっかりと調べてきたつもりですが、俺が持ってきた土地以上に利益を見込める土地があるとも思えない。参考までに社長がどんな土地を狙っているのか、聞かせてもらえませんか？」

「仕事の話か……」

多田が舌打ちする。

「いや、違うんですよ。俺も手前味噌ながら、自分のことを相当の目利きだと思ってます。けど、それ以上の目利きが、どんな土地を狙うのかと思いましてね。まあ、仕事の話といえば仕事の話なんで、野暮だったらすみません」

「そんなに知りたいか？」

「知りたいですね。俺以上の目利きの見立てってのを」

伏木は目を見開いた。涙がにじみ、黒目が輝く。

多田の口元に笑みが浮かんだ。背もたれに深くもたれ、自慢げに顎《あご》を反らせる。

「森下」

「はい」

「開発予定地の地図を持ってこい」

「わかりました」

森下が席を立つ。森下はそのまま社長の執務机に近づいた。デスクの上に置いている平地図を取り、伏木の脇に来る。

「それが俺たちが狙っている土地だ」

多田が言う。

森下が持っていたものを渡した。ラミネート加工したA3の地図だった。

「デスクの上に置いて、常に見ているとはさすがですね」

「おだてても何も出ないぞ」

多田は声を立てて笑った。

伏木は地図を見つめた。九州から伊豆半島にかけての太平洋岸にマークが並んでいた。

「太平洋側ばかりですね」

「そりゃそうだ。日本海は灰色で寒そうでいけない。リゾートに似合う青い海といえば、太平洋だろう」

「そりゃまあ、そうですが。瀬戸内海《せとないかい》にもマークがありませんが？」

「瀬戸内海は水平線が見えないだろう。リゾートに必要なのは解放感だ。暖かくて抜けるような視界は不可欠。そう考えると、伊豆以西の太平洋側というのは納得だろう？」

多田が得意げに言う。

多田の言うことは一見間違っていない。しかし、高知沖や遠州灘は普段波も荒く、遊泳禁止の場所も多い。リゾートにはビーチが必要だが、そうしたビーチを整備できそうにないところにもマークがある。

「あたりを付けているのは漁港ばかりですね。どうしてです？」

「漁業権というものを知っているか？」

「詳しくは知りませんが……」

「漁業権を手に入れられれば、そこいら一帯をまとめて買収できるんだよ。一般地権者が散り散りに持っている土地で個別交渉するより効率がいい」

「けど、確か漁業権は売買できないはずでは？」

「表向きはな。だが、実際は簡単な話だ。組合があるところは、組合の役員になっちまえばいい。組合がないところは組合を作らせ、役員に収まる。その後、漁業の廃業手続きを取る。そうすればその漁港で漁業ができなくなるから、他の産業が必要になる」

「なるほど、そこにリゾートホテルを建てるということですか」

「察しがいいな。漁港は防波堤や係留場などの港湾設備が整っているから、マリーナに使える。砂浜なんてものは人工でどうにでもできる。手に入れさえすれば、寂《さび》れた漁港もあっという間にリゾート地に変わる」

「それはすごい。しかし……それほどの開発だと、かなりの資金が必要でしょう。自己資金だけで保《も》ちますか？」

「金のニオイがするところには金が集まるんだよ。そこは、あんたが知る必要のないところだ」

「それはごもっとも」

伏木は地図を森下に返そうとした。森下が手を伸ばす。と、ちょうど森下の携帯が鳴った。

「失礼します」

森下が部屋の隅に行った。

伏木は立ち上がった。

「どこへ行くんだ?」

「ちょっとトイレに。ついでに地図は戻しておきますよ」

伏木は酔ったふりをして、よろよろと執務机に近づいた。

振り返りざま、ズボンのポケットからスマートフォンを抜いて、手のひらに収める。室内の様子を確認する。多田と黒髪の女性は背を向けている。美紗も多田を見ている。森下も携帯を握り、背を向けていた。

伏木は素早くパネルを操作し、フォトアプリを起ち上げた。レンズを向け、連射ボタンを押す。伏木のスマートフォンは特別仕様でシャッター音が出ないようにしていた。地図をカメラに収め、デスクに戻す。

顔を上げると、美紗と目が合った。伏木は美紗に微笑みを向け、そのまま部屋を出て、トイレに入った。周囲を確認して、個室に飛び込む。

撮影した画像を確認する。二枚ほど鮮明に撮れた画像があった。伏木は智恵理のアドレスに画像を添付し、素早く送信した。

と、足音が聞こえてきた。ポケットにスマホを突っ込み、急いで小便器の前に立つ。

多田だった。

「俺もちょっと飲み過ぎたかな」

「いいブランデーは案外効《き》きますからね」

急いで一物を出し、小便を絞《しぼ》り出す。

多田が隣に立つ寸前、小便が飛び出した。ホッと息を吐くと共に、小便が勢いよく便器を打った。

多田も一物をつかみ、小便をする。

「あ、そうだ。ちょっとつまらん仕事があるんだが、手伝ってくれるか？」

「なんなりと。俺はもうここの社員ですからね」

「そうか」

「何です？　つまらない仕事というのは」

「たいした話じゃない。人を一人、さらってきてほしいんだ」

「人さらいとは、穏《おだ》やかじゃないですね」

伏木は笑みを見せ、小便を切った。洗面所へ歩く。すぐさま多田も小便を終わらせ、伏木の横に並んだ。二人して鏡を覗き込み、手を洗う。

「どんなヤツなんですか、さらうのは？」

「俺に楯突《たてつ》く理想家だ。死んだと思っていたんだが、生きてやがってな。ついでに、受け取らなきゃいけないものもある。その後は、邪魔だから死んでもらうがな」

「殺しは勘弁してください」

「あんたにはさせないよ。さらってきてくれるだけでいい」

「そういうことなら。で、そいつの名前は？」

「磯部洋幸という名だ」

多田が鏡を見据えた。

「浜松第一病院にいる。警官の警護が付いているようなので少々厄介だが、なんとかしてほしい」

「わかりました」

伏木は一足先にトイレを出る。

「見つかっちまったか……」

手を拭《ふ》きながら歩く伏木の両眼が鋭くなった。

第四章　謀略の渦《うず》

1

周藤は赤坂に来ていた。瀟洒《しょうしゃ》なビルの地下にある中華料理店だった。店内は照明をおさえ、黒と赤を基調とした装《よそお》いで、広々としたスペースに余裕を持って円卓が並んでいる。左手の通路には個室のドアが並び、蝶《ちょう》ネクタイを締《し》めた従業員が料理や酒を運び込んでいた。

周藤はカウンターに歩み寄った。

「いらっしゃいませ。ご予約は？」

女性従業員が笑顔で迎えた。

「キンシコウにツバメの巣を一品お願いしたいのだが」

「失礼ですが、当店は予約制ですので」

女性が笑みを崩さずに断わろうとすると、隣に立っていたスーツ姿の恰幅《かっぷく》のいい男性が右手を挙げ、女性の言葉を止めた。

「お客様、失礼ですがお名前は？」

「周藤です」

「スドウ様ですね」

男性は予約者名簿を取り、めくった。

「ご予約、承《うけたまわ》っておりました。失礼しました。どうぞ、こちらへ」

男性がカウンターから出て、周藤を先導した。

個室が並ぶ通路をさらに奥へ進み、黒いビロードのカーテンを潜《くぐ》る。その奥に黒壁と一体化した扉があった。

「こちらで少々お待ちを」

男性が中へ入る。周藤は静かに待った。

予約はしていなかった。完全予約制のこの店で、女性従業員の対応は正しい。が、周藤は食事に来たわけではない。

劉《りゅう》氏に会いに来た。

劉大龍《たいりゅう》は中国人社会では絶大な権力を誇る重鎮の一人だ。表向きは、都内有数の高級中華料理店〈皇龍飯店《こうりゅうはんてん》〉のオーナーだが、実際は在日中国人経済界の裏の目付役をしている。中国政府とのパイプもあり、日中両国の政治家にも通じている。

キンシコウにツバメの巣を一品、というのは劉氏と接見するための合い言葉だった。劉氏はこの合い言葉を知らない者とは決して面会しない。

扉が開いた。

男性が手招く。

「スドウ様、どうぞ」

周藤は中へ入った。円卓の中央にある背もたれの高い椅子《いす》にスーツを着た紳士が座っていた。劉氏だ。中国人の大物と聞くと人民服やチャイナ服に身を包んだ好々爺《こうこうや》を思い浮かべるが、劉氏の風体《ふうてい》はスタイリッシュで一流企業の役員さながらだ。劉氏の両脇には上背のある屈強な男が二人立っていた。

「ご無沙汰《ぶさた》しています、劉さん」

「まあ、どうぞ」

劉氏が差し向かいの椅子を差した。

周藤は深々と一礼し、席に着いた。

劉氏は穏やかな笑顔で周藤を見つめていた。その笑顔は好紳士そのものだ。しかし、本当に必要な時以外、劉氏との接見は禁じられている。

劉氏を紹介してくれたのは菊沢だった。中国人の殺人事案を追っていた時、どうしても裏表に通ずる者に話を聞く必要があり、菊沢を通じて劉氏と接見した。菊沢は岩瀬川から紹介されたという。

劉氏に話を聞けば、普段は見えない裏の事情も明らかになることが多い。しかし、劉氏には大きな問題が一つある。

「菊沢さんはお元気かな？」

「おかげさまで」

差し障りのない答えを返す。

「ところで、今日はどのようなご用件でいらしたのかな？」

劉氏が訊《き》く。

「ＥＧＩと今中黎一について教えていただきたいことがあります」

周藤が言った。

瞬間、劉氏の両眼がすっと細まった。目の底から笑みが消え、蛇のような邪気を覗《のぞ》かせる。

「先日の話なんですがね」

劉氏が口を開く。

周藤の顔からも余裕が消える。

「私の知り合いの息子さんが、不法入国を斡旋《あっせん》したとか何とかで逮捕されましてね。私は彼や彼のご両親をよく知っていますが、決してそんな真似《まね》をするような方々ではありません。もう一度、調べ直していただきたいと当局にお願いしているのですが、なかなか動いていただけなくてね」

世間話のように切り出す。

劉氏の問題というのは、必ず交換条件を出してくることだった。簡単な揉《も》み消しから政治を巻き込みかねないものまで、欲している情報のレベルに合わせて条件を突き付けてくる。

劉氏の出した条件が満たされなかった場合、彼から情報を得られることはない。場合によっては、制裁としてガセネタをつかまされ、人生をふいにする者もいた。

「そうそう。そういえば、あなた以外にＥＧＩの今中氏について尋ねてきた方がいましたね。野沢君と言ったかな？」

劉氏が言う。

周藤の眦《まなじり》がかすかに蠢《うごめ》いた。

「その野沢さんというのは、今どちらに？」

「さあ。私のところに訪れただけですからね。そのあとのことは」

含み笑いを浮かべる。

「その件も詳しく知りたければ、私のほうでお調べしてもかまいませんが、いかがいたしますか？」

「いえ、それは結構です」

周藤は言った。

野沢には申し訳ないが、これ以上の条件を突き付けられるわけにはいかない。

彼の件は菊沢に任《まか》せよう。

そう思い、周藤は劉氏を見つめた。

「知り合いの息子さんの詳細をお聞かせ願えますか？」

「何とかなりそうですか？」

「通してみます。即答はできませんが、善処はしますので」

「そうですか。それはありがたい。あなたには今さら念を押すことでもありませんが、私たちは恩には恩を返します。そのことはお忘れなきよう」

「承知しています」

周藤が言う。

劉氏の薄い唇がかすかに上がる。

「三日。三日後に返事を持って、またこちらへいらしてください。どういう結果になるにせよ、必ずいらしてください。よろしいですね？」

「わかりました。それでは三日後に」

周藤は席を立ち、深々と一礼をして、部屋を出た。

2

「大泉君。今日も残業ですか？」

経理課長の上野が訊く。

「はい。要領が悪くてなかなか終わらずで。すみません」

「いやいや、熱心なのはいいことです。私は先に失礼しますが、適当なところで切り上げて帰ってください。あまり残業時間が多いと、上がうるさいもので」

「迷惑をかけてすみません」

「いやいや、迷惑など掛かっていませんよ。むしろ、私はそうしたあなたの姿勢を買っています。そのことはお忘れなきよう」

上野はあからさまな笑顔を見せ、オフィスを去った。

凜子が三枝に呼ばれて以来、社内の空気は一変した。トップと対等に話す大物政治家の遠縁という立場がますます強固となり、権力に目のくらんだ者たちがこぞって、凜子にこびへつらうようになった。

上野もその一人だ。いい顔を見せ、自分の味方に引き入れようとしている。

実に愚《おろ》かしく醜《みにく》い立ち回りだったが、凜子には都合がよかった。早く帰りたいと言えば何時にでも出られるし、残業したいと申し出れば二つ返事で了承してくれる。残業内容を知られるのが恥ずかしいからと一言添《そ》えておけば、凜子が何をしているのかを詮索《せんさく》してくる者もいなかった。

凜子は周藤からの指令を受け、連夜、SAEGUSAコンソーシアムが手掛けているメタンハイドレートの探査現場や掘削《くっさく》、研究開発現場の地図を探していた。

開発現場の情報はトップシークレットだ。さすがになかなか見つからない。凜子は、経理伝票や営業報告書を脳内で分析しつつ、データの在処《ありか》を探していた。

「ここにもないか……」

ワインレッド縁の眼鏡《めがね》を外し、目頭《めがしら》を指で揉んだ。椅子にもたれ、息をつく。

ふと背後に気配を感じた。凜子はさりげなく画面を伝票入力フォーマットに変え、気配が近づくのを待った。

「お疲れさんですね、大泉さん」

小林の声だった。

振り返りざま、笑顔を向ける。

「お疲れ様です。今日は終わりですか？」

「はい。うちはコンプライアンスに厳しく、残業は最低限と決まっていますもので」

斜め後ろに立つ。

凛子は画面に目を向けつつ、肩ごしに小林の視線を確認していた。小林の目は凛子の手元やモニターをやたらと見回していた。

「普通の伝票入力作業ですね。その程度の仕事、大泉さんほどの能力なら残業をする必要はないと思いますが」

声色はあきらかに疑念を帯びている。

「小林常務にお褒《ほ》めいただくほどの力はありませんよ」

愛想笑いを返す。

「そんなことはないでしょう。社内各部署のデータにアクセスできるほどの実力を持っていらっしゃるのですから」

小林はデスクに手をついて、上体を傾けた。

「あなた、何を探っているんです？」

小声で訊いた。

疑念を超え、不信を帯びていた。アクセスログを確認しているということは、ずっと疑っていたのだろうと思われる。

当然、凛子は眉ひとつ動かさない。潜入先で誰かに疑われるのは、常に織り込み済みだ。

「あら、バレちゃいました？」

眉尻を下げ、困り顔で小林を見上げる。

小林は愛想《あいそ》のかけらもない目つきで凜子を見据えた。

「何を探っている？」

声に怒気がこもる。

「実は……メタンハイドレートの開発地域の地図がないか、探していたんです」

凜子は言った。

「なぜ、そんなものを欲しがる？」

「欲しがっているわけじゃないんです」

「じゃあ、なんだ！」

小林は声を荒らげた。

凜子は両肩を竦《すく》めて見せた。

「怒鳴らないでください。怖いじゃないですか」

「全然怖がっていないだろう。おまえ、誰だ？　本当に大泉氏の遠縁か？」

「あら、お疑いですか？」

「大いに疑っているね。お嬢さんにこんな真似ができるはずはない」

「そうですか。なら、直接聞いてみられてはいかがですか」

凜子は携帯電話を取り出した。アドレス帳からある電話番号を呼び出し、コールした。

小林が手元を覗いた。大泉秘書・宇佐美《うさみ》と記されている。

「――あ、宇佐美さん？　私です。伯父様、いらっしゃるかしら。ああ、そうなの？　いえ、お話ししたいという方がおられるので、電話口に出てもらえたらなと思ったんだけど。あなたでもいいわ。ちょっと待って」

凜子は小林に携帯を差し出した。

「伯父の第一秘書です。どうぞ」

「いえ、私は……」

「疑ったのはあなたでしょう？　早く出なさい、小林さん」

命令口調で迫った。小林が狼狽《ろうばい》する。凜子は携帯を押し付ける。

小林は渋々《しぶしぶ》電話に出た。

「もしもし……。ＳＡＥＧＵＳＡコンソーシアムの小林と申します。はい。あ、いえ、大泉さんにいらしていただいて、とても助かっております。はい……はい」

平身低頭して腰を折り、何度も何度も頭を下げる。

凜子は冷めた目で小林を眺《なが》めていた。

当然、こうした状況は想定している。名義を貸してくれた大泉に迷惑をかけるわけにはいかないが、社内の者に疑われた場合は第一秘書の宇佐美が対応してくれることになっていた。もちろん、大泉にはそれ相応の〝土産《みやげ》〟が渡ることになる。

「はい……少々お待ちください」

小林は送受口に手を当て、携帯を差し出した。

「大泉君、代わってくれと」

凜子は口角を上げ、携帯を受け取った。

「宇佐美さん、ごめんなさい。伯父様によろしく」

親しげな口調で言い、電話を切った。

携帯をたたむとすぐに小林が頭を下げた。

「大泉君。疑って申し訳なかった」

「何と言ってました、宇佐美さん？」

「あなたがうちに迷惑をかけていないかと心配されていました。もちろん、そんなことはないと話しておきましたが」

「ありがとうございます。せっかく入れていただいたのに、何一つ役に立っていないのでは、伯父様の顔を潰してしまうから、助かります」

凜子はあくまでも大泉を強調した話しぶりで進めた。

「ついでなんですけど、少々お伺いしてもよろしいですか？」

「なんなりと」

小林はすっかり呑《の》まれていた。凜子は片頰《かたほお》を上げた。

「御社が開発している場所の地図データはどこにあるんですか？」

「それは……」

「常務が守秘義務を守れるのであれば、お話ししたいことがあるのですが。いかがいたしますか？」

「ぜひ。私は口が堅いほうでして」

小林は無理に笑顔を作った。凜子はじっと小林を見据えた。小林の目尻がひきつる。

「大丈夫なようですね」

ふっと笑顔を見せる。小林も安堵《あんど》して息をついた。

「実は、御社の状況を調べてこいと言ったのは伯父なんです」

「大泉先生が？」

「ええ。三枝社長もご存じでしたが、伯父は組閣のたびに経産相確実と言われるほどのエネルギー通でありながら、毎回組閣で外されています。伯父の理念が、エネルギーを利権としか捉えない人たちには邪魔なのでしょう。ただ、伯父も黙ってはいません。原発事故の問題で自然エネルギー熱が高まる中、恒久的なエネルギーの必要性も説いています。そこで早くからメタンハイドレートに目を付けていたのですが、にわか政治家やにわか企業もメタンハイドレート関連の産業に群がってきている状況です。そこで、伯父は本格的にメタンハイドレートの掘削ができる企業や理念を同じくする政治家を集めるべくひそかに身内や同志を企業体へ送り込み、選定しているのです」

「つまり、わが社が大泉先生の目に適《かな》うかどうかを探りに来ているというわけですね」

「そう取っていただいてもかまいません。メタンハイドレート関係のデータへの不用意なアクセスを阻止しているという点は合格です。が、この経理伝票」

凜子は伝票を摘《つま》み上げた。

「この伝票の取引業者を辿《たど》れば、どことどういう交渉をしているかまでは推測できます。そのあたりの情報管理についてどう考えていられるのか」

語気を強めて、小林を見る。

「取引先がわかったところで、切り崩されることはありません。我々は三枝商事の一員です。特に大手間の争いになれば、老舗《しにせ》商社というブランドは物を言います」

「ＥＧＩのような国際金融組織が絡んでも、ですか？」

凜子が柳眉《りゅうび》を上げた。

小林は目を丸くした。これまでになく、感情をあらわにしている。

「そこまでつかんでらっしゃるのですか、大泉先生は……」

「あなた方が一流の商社マンなら、伯父は一流の政治家です。そこいらの三文政治家と一緒にしないでいただきたいものです」

「失礼しました」

小林が頭を下げた。

「伯父も御社とＥＧＩとの関係を詳しくつかんでいるわけではありません。ただ、ＥＧＩについてはあまりいい噂《うわさ》を聞きません。もし、日本のエネルギー問題に外資が深く関わるとすれば、伯父はたとえ三枝商事が後《うし》ろ盾《だて》であったとしても、潰しにかかるでしょう」

「それは困る」

小林が狼狽した。

「困るとは？」

凜子は目を細める。

小林のこめかみからは脂汗が滲《にじ》み出ていた。

「いや、深い意味はないんですよ。ともかく、私どもとしましても大泉先生に誤解されるのは本意ではありませんので、弊社が扱っているメタンハイドレートの探索地等の情報は提供させていただきます」

「どうすればよろしいのですか？」

「少々お待ちを」

小林は経理課長の上野の席へ行った。パソコンを起《た》ち上げ、首に下げた社員ＩＤパスを取り出し、カードリーダーに通す。

パソコンのモニターは、直接凜子からは見えない。が、背後の窓ガラスにモニターの動きが映っていた。画面には見たことのないログイン画面が表示されていた。ボックスにパスワードを打ち込み、専用サーバーに接続する。

なるほどね。凜子はほくそ笑んだ。

専用サーバーには役職のPCからしかログインできないようになっているようだ。誰がどこまでのログインを保証されているのかはわからないが、少なくとも上野のPCから専用サーバーに接続できることはわかった。

小林は地図データを表示した。持っていたUSBメモリーにデータを転送し、ログアウトしてPCを切る。

凜子の席に戻ってくると、スティック状のUSBを差し出した。

「この中にデータは入れてあります。これを大泉先生に見せていただきたい。エネルギー施策に明るい先生であれば、これがどういう意味を持つものか、すぐにわかっていただけると思います」

「無理を言って申し訳ありませんでした。伯父には、小林常務のご協力であることを明確に伝えておきます」

「いえ、そんなご配慮は無用です。私が会社のために個人的にしたことですから」

小林が言う。

「ご謙遜《けんそん》なさることはありません。ここだけの話ですが、伯父は経産相のポストを手に入れた際、エネルギー庁長官のポストを任せられる人物も探しています」

「ほお、それはそれは……。人選が大変でしょう」

「お察しの通りです。次世代のエネルギー戦略を推進するには、経産相とエネルギー庁長官がしっかりとタッグを組む必要がありますから」

「私のほうでも、先生のお目に適う人材をピックアップしておきましょう」

「よろしくお願いします。もちろん、小林常務も含めてですよ」

凜子が言う。

小林の目尻に野望が滲む。

食えない男ね。凜子は笑みを浮かべ、席を立った。

3

神馬は、中平地区の〈地球の緑を守る会〉のメンバーミーティングに出ていた。

この日は東京から岩橋直樹議員と及川徳治教授も来ていた。二人のリーダーが揃《そろ》ったことで、会合は熱気を帯びていた。

及川と岩橋の演説が終わると、支援漁民と共に宴会が始まった。二次会になっても上座に座る及川と岩橋の周りには人が群がり、環境破壊の問題や今後の漁業について熱く語っていた。

神馬は田中と中山に呼ばれ、人垣を割って、及川と岩橋の前に座った。

「岩橋先生、及川先生。彼が先日お話しした高橋君です」

「高橋です。よろしくお願いします」

膝に手をついて、深々と腰を折る。

「ああ、君か。我々の同志が襲われた時に助けてくれた若者というのは」

及川が白ひげを蓄《たくわ》えた口元に満面の笑みを浮かべた。

「たまたまです」

謙遜してみせる。

「いや、本当に助かったよ。私からも礼を言う」

岩橋が眉尻をきりりと上げた。好青年ぶりが板についている。

「しかし、警察も頼りにならんな。漁船放火犯の件もそうだが、君たちを襲った何者かに関してもほとんど情報をつかんでいない。捜査当局がこのような体《てい》たらくだから、資本を持つ者の好き放題に荒らされるのだ」

及川が鼻息を荒くする。口ひげが揺らいだ。

「まったくです。私も地元県連を通じて、捜査に全力を挙げるよう要請しているのですが、けんもほろろに流されるだけで、まったくと言っていいほど力が入っていないんですよ。先日、仲間がどういうことかと詰め寄ったんですけどね」

　岩橋が言葉をつなぐ。

「この件については、与党の誰かが関わっているのかもしれんな。環境を破壊する者の多くは時の権力だ。我々は決して、権力に屈してはならない」

「その通りですね、及川先生」

　岩橋が強く頷《うなず》く。

　ずいぶんと偏《かたよ》った連中だな……。

　神馬は田中や中山と共に二人の話に同調しつつ、そう感じた。

　潜入して間もなく、そういうグループだということはわかったが、代表者の二人に接してみてますます、このNPO団体に違和感を覚えた。イデオロギーが時にさまざまな暴走を生み出すことを、神馬はよく知っている。

「高橋君だったかな？」

「はい」

　岩橋の方を見やる。

「今回は我々の仲間を助けてもらって、本当に感謝している。ただ、君も我々の活動に参加した以上、無茶はしないでほしい。環境破壊を企《くわだ》てる連中を野放しにはしておけないが、それ以上に君たちの身にもしものことがあっては困る。私たちはあくまでも〃活動〃をしているのであって、武力による〃闘争〃を是としているわけではないからね。今後、もしそういうことが起こったら、無理をせず、自分の身を守ることだけを考えてほしい」

「ありがとうございます」

礼を言ったのは、中山だった。

中山は岩橋の言葉を聞いて、目を潤《うる》ませている。それほど、岩橋はメンバーの中でカリスマ的な魅力を持っているということなのだろう。

神馬はさりげなく周囲を見やる。他のメンバーや支援者も同じように岩橋と及川のご高説を賜《たまわ》るたびに瞳を輝かせている。

神馬にはその傾倒ぶりが気持ち悪かった。

「ところで、高橋君。君は東京へ来る気はないか？」

岩橋が唐突に切り出した。

「はい？」

神馬は首を傾《かし》げた。

「おや、聞いていないのか？」

岩橋が田中や中山を見やる。田中の近くに集まっていた者たちはバツが悪そうな渋い表情を覗かせ、神馬や岩橋から目をそむけた。

「どういうことでしょうか？」

神馬は訊いた。

「ちょうど東京本部の人員を増やそうかと及川先生と話していたところでね。君のように勇猛果敢《ゆうもうかかん》な青年にはぜひ来てほしいと思っている。どうかな？」

「君の話を聞いて、私もそう思ったんだ。人を助けるために自《みず》らの命を投げ出せる者はそうそういない。口では仲間を守ると言いつつも、実行できる者は少数だ。君さえよければぜひ、来てほしいと思っている」

及川が岩橋の言葉に続ける。

周りが多少ざわついた。田中に至っては、あからさまに嫉妬《しっと》の色を浮かべている。

そういうことか……。神馬は思った。

田中は神馬が寝室を抜けてD1オフィスと連絡を取る際には、必ずといっていいほど様子を探りに来ていた。

神馬は、田中がNPO内の監視役ではないかと疑っていた。が、どうやらそうではないようだ。カリスマ的な指導者の周りにはよくあることだが、自分の主義主張を通すためではなく、単に指導者に気に入られたいがためというモチベーションで活動に尽力する者が集まるという現象が起こる。

彼らの本音は自分が憧れる人物に認められたいだけなのだが、それでは指導者に認められなかった場合のアイデンティティーを保てなくなるので、自分も彼らの主義思想に賛同していると思い込むことで胸の内の違和感を解消する。

彼らにとって最も恐ろしい存在は、指導者の寵愛《ちょうあい》を一手に受ける者が現われることだ。指導者の目がそちらに向けば、その分、自分への注目が減ることになる。どんぐりの背比べ状態の時は互いに互いの領域を侵さず、適度な距離感を持ってグループとしてまとまっていくのだが、たった一人、突出する人物が現われるだけで、その絶妙な均衡は瓦解《がかい》する。だから、そうした人物は排除しようと躍起になる。

田中が神馬を監視していたのは、そういう心理からだと、神馬は確信した。

岩橋や及川が神馬に興味を持ったことは、メンバー間では周知だったはずだが、神馬には伝えられていない。それどころか、監視をする始末だ。本気で活動しようとする者がこうした憂《う》き目《め》に遭《あ》えば、たちまち嫌気が差すだろうが、神馬には好都合だった。

かき回してみるか。

神馬は正座して背を正し、岩橋と及川をまっすぐ見つめた。

「私にはもったいない申し出です。ですが私もかねてから東京には興味を持っていました。もしよろしければ、詳しい話をお聞かせ願えませんか」

神馬が言うなり、周りの空気がさらに殺気立った。内心、ほくそ笑む。

「それはよかった。高橋君、連絡先を教えてもらってもいいかな？」

岩橋が言う。

「はい」

スマートフォンを出し、田中を一瞥《いちべつ》する。口角を下げ、あからさまに神馬を睨《にら》みつけていた。

岩橋と連絡先を交換し、スマホをしまう。

「では、私はパトロールがありますので」

「ご苦労だね。よろしく頼むよ」

岩橋が笑顔を見せる。

神馬は一礼して、立った。田中が後を追ってくる。会合場所となっていた家を出たところで、田中に肩をつかまれた。神馬はわざとびくりとし、振り返った。

「なんだ、田中さんか。脅かさないでくださいよ」

大仰《おおぎょう》に胸を撫《な》でる。

「どうしたんですか？　今夜のパトロールは、俺と組合員の人に任されているはずですけど」

「僕も行くよ。ちょっと話がある。組合員の人は断わってくれていい」

田中は有無《うむ》を言わせぬ圧力をかけてきた。

さっそくかよ。

腹の底で笑いつつ、眉尻を下げた。

「田中さんがそう言うなら……」

神馬はスマホを出し、随行予定だった組合員に断わりのメールを送った。まもなく、組合員から返事が来て、パトロールは田中と二人で回ることになった。

田中はしばらく押し黙っていた。口を開くタイミングを計っていたのは見え見えだった。神馬は気が付かないふりをして、通常のパトロールを気取った。

町から少し離れた路地に差し掛かった。そこでようやく、田中が口を開いた。

「高橋君」

「何ですか?」

神馬は田中に背を向けたまま返事をした。

「本当に東京へ行くつもりか?」

「話次第ですが、岩橋先生と及川先生から直々に頼まれては嫌とは言えないです。東京に興味があったのも本当ですし」

「君は東京には向かないよ」

田中が言う。歯ぎしりの音が聞こえてきそうだった。

「僕は長い間東京にいるが、君のような純粋な若者が挫折していく様を何人となく見ている。いくら、先生方の誘いだからといって、安易に乗らないほうがいい」

「田中さんは、どちらから東京へ来られたんですか？」

「僕は埼玉だ。東京にほど近く、都会には慣れている。それでもきついんだから、君のように富士山を眺めながら牧歌的に過ごした人には合わないよ」

田中の必死さが伝わってきて、笑いが込み上げそうになる。

神馬は必死に耐え、話を続けた。

「通用するかしないかは、行ってみないとわからない。先生方も何より行動することが大事だといつもおっしゃっているではないですか」

「君は先輩の助言を無にするつもりか？」

田中が凄《すご》む。

「東京本部には何かあるとでも？」

神馬は訊いてみた。

「君だから教えるけど、東京本部には少々面倒な古参がいるんだよ」

「古参とは誰ですか？」

「寺内という男だ。官僚だと聞いているんだが、僕も詳しいことは知らないけど、丁寧《ていねい》な言葉遣いをしていたかと思えば、ヤクザみたいな喋《しゃべ》り方をするんだ」

「こないだ、田中さんを襲ってきたような連中の雰囲気ですか？」

「そうだね。とにかく気味が悪いんだ」

田中が眉間《みけん》に皺《しわ》を寄せる。

「その寺内という古参の話、もう少し、詳しく聞かせてもらえますか？　それで考えたいと思います」

神馬はゆっくりと町を歩きながら、田中の話に耳を傾けた。

4

時間は午前二時を回ったところだった。

夜の帳《とばり》も深い頃、伏木は浜松第一病院の駐車場にセダンを乗りつけた。右奥に停《と》められているワ黒塗りのワゴンの脇に横付けする。エンジンを切り、後部シートに置いていたスポーツバッグを取って、ワゴンのドアをノックした。

伏木を認め、ドアが開いた。中には森下をはじめとするＥＭＰリゾート開発の精鋭が五人、待機していた。

「待たせたな」

素早く入り、ドアを閉める。

最後部に座った伏木は、隣にいる森下にスポーツバッグを渡した。

「全員、これを着ろ」

伏木が言う。

森下がバッグを開いた。

「これは？」

伏木を見やる。

「医師の白衣と看護師の制服だ。ＩＤカードも用意してある。森下と俺は医師に扮《ふん》する。残りの者は看護師の制服を着て、適当にＩＤを取れ。ＩＤの名前は架空だから、名前はしっかりと覚えておけよ。ナースセンターで疑われるとまずいからな」

そう言い、伏木は自分用の白衣を取り出し、着込んだ。森下も白衣を取り出し、バッグを前列の仲間に回す。

「よく揃えたな」

森下が言った。

伏木は、多田から磯部洋幸の拉致《らち》を命じられたのち、仕込みをすると申し出て先に浜松入りをした。そして、二日後、森下に連絡を取り、深夜の浜松第一病院の駐車場に集結するよう話を付けた。

「長くフリーでやってきたんだ。いろんなところにコネがある」

「この制服やＩＤは通用するのか？」

森下が訝《いぶか》る。

「通用しないものを用意してどうする」

伏木は森下を睨《ね》めた。

「信用できないと言うなら、あんたらのやり方でやるか？　こっちはかまわないんだぞ、力ずくでも。好きに暴れりゃあいいよ。後先考えずに」

森下の白衣を奪おうとする。森下は白衣を握った。

「悪かった。おまえの段取りを疑っているわけじゃないんだ。しかし、あまりに手際の良すぎるところが少々気持ち悪くてな」

「慎重だな。けど、自分の違和感を信じようとするところは嫌いじゃないぞ。俺も自分の勘《かん》だけで生きてきたからな。己を信じるのは悪いことじゃない」

伏木は前列の仲間たちに目を向けた。

「あんたらもだ。俺はこのあいだポッとEMPリゾートに降って湧《わ》いた新参者だ。多田社長は幹部待遇で受け入れてくれたが、正直、面白くないやつもいるだろう。もし、俺を疑っていたり、面白く思っていなかったりするなら、何も付き合うことはねえぞ。制服もIDも置いて、ここから去れ。最悪、俺一人になっても、誘拐くらいできるから」

一同を見回す。

全員が逡巡《しゅんじゅん》していた。森下と同じく、いきなり飛び込んできた新参者を信じていいものか、という気持ちを目尻や頬ににじませる。

伏木は黙って男たちを見つめた。

一番に動いたのは森下だった。白衣を広げて、袖を通す。それを見て、他の仲間たちも看護師の制服に着替え始めた。

伏木はにんまりと微笑《ほほえ》んだ。

全員が着替え終えるのを待ち、口を開く。

「みんな、ありがとうな。この作戦は完璧だから安心してくれ。スムーズに事が運べば、十分もかからない。もう一度、動きを確認しておこう。まず、車で待機している者以外の五名で裏口から侵入。内部協力者が裏口から手引きする。俺と看護師一人が先に磯部洋幸の病室へ侵入し、洋幸を拘束する。その後、森下ともう一人の看護師がストレッチャーを持って病室へ。拘束した洋幸を乗せ、素早く離脱。内部協力者の手引きで裏口から脱出し、洋幸を乗せて逃走。ストレッチャーは内部協力者が所定の場所に戻してくれる。残った一人は裏口で待機。監視役と連絡役を頼む。不測の事態が起こった場合は、運転担当の者と共に逃走して、すぐさま多田社長に連絡を入れてほしい。疑問点は？」

「個室の入り口には警護の警察官が待機していると聞いているが、それはどうする？」

森下が訊いた。

「大丈夫。警察官は一人だ。内部協力者が病室前から引き離す。俺たちはその間にすべての事を済ませる」

「それでは、内部協力者が捕まれば、俺たちも一網打尽《いちもうだじん》とならないか？」

「心配いらない。内部協力者が知っているのは俺一人だ。いざとなれば、俺が雲隠れすれば済むことだ」

「江田さん。あんたの言う通り、ここへ来ているのは森下さんを含めてオレら六人だけだけど、予備人員を用意していなくて本当に大丈夫か？」

仲間の一人が訊いた。

「心配ない。むしろ、予備人員をあちこちに配置しているほうがまずい。このあたりにも警察官はうろうろしているという情報が入っているからな。森下さん。余計な気は回していないだろうな」

伏木が訊いた。

「していない。おまえらも回してないな？」

森下が仲間を見た。仲間たちが頷く。

「よし。じゃあ、さっそく始めよう」

伏木はスマートフォンを出した。内通者にメールを送る。

「俺とおまえ。名前は？」

「石上《いしがみ》です」

短髪で痩身の男が言う。

「俺と石上が三分後に裏口から侵入する。今から五分後に森下ともう一人が裏口から潜入。残った二人は予定通り、見張りと運転担当に分かれて待機。いいな」

伏木の言葉に、全員が頷く。

伏木は石上と共にワゴンを出た。白衣をなびかせ、裏口へ駆けていく。森下たちはワゴンの中で息をひそめ、伏木たちを見送った。

石上を手招きし、救急搬送口の奥にある裏口へ回った。電子ロックのドアが開いている。中から顔を出したのはショートカットの女性だった。

「ご苦労。首尾は？」

「上々。今、警察官を地下の安置所まで連れ出したところ。ロビーと地下フロアを探らせるので、時間は十分弱といったところだけど」

「それだけあれば、充分だ。ありがとう」

「いえいえ」

女性が顔を上げる。智恵理だった。伏木は智恵理にウインクをして、エレベーターホールへ急いだ。

「内通者とは女か？」

石上が訊く。

「男じゃなきゃまずいという根拠でもあるのか？」

「いや、そういうわけじゃないが、かなり若そうな女だったし」

「悪いことをする奴に男女も年齢も関係ないだろう。目つきの悪いおっさんじゃないと信用できないか？」

「いや……」

「くだらない詮索をしている暇があったら、事を遂行することだけを考えろ」

エレベーターが開く。伏木と石上が乗り込んだ。七階のボタンを押す。

静かにエレベーターが上がっていく。音もなく停止し、扉が開いた。通路を進むと、ナースセンターがあった。カウンターに看護師がいる。石上の表情が強張《こわば》る。

伏木は石上とカウンターの間に入り、看護師に微笑みかけた。看護師は一礼して、伏木たちを見送る。

伏木はすぐに石上の頭を平手で叩《たた》いた。

「いかにも緊張してますって顔をしてどうするんだ！」

「いや、でも……」

「でもじゃない。病院といったって、他の病棟の医師や看護師のことは覚えていないものだ。堂々としていればいいんだよ。おまえら、暴力慣れしている割には胆《きも》が小せえな」

「なんだと？」

石上が片眉を上げる。

「俺に粋がる根性があるなら、何があっても動じないくらいの自分を作れよ。そういう意味では、森下さんはたいしたもんだな。あの人を見習え」

話しながら奥へ進む。

突き当たりの個室の前で止まった。ネームプレートは空だった。

「名前がないじゃないか」

石上が言う。

伏木はため息をついた。

「おまえなあ。警察官が警護につくような人物の名前を入れておくわけがないだろう。ここにいますと言っているようなものだ」

「そこまで警戒しているか？」

「当たり前だ。警察をなめるな。入るぞ」

伏木はドアを開け、中へ飛び込んだ。すぐさま、石上が入ってくる。

瞬間、石上の頭に袋が被《かぶ》せられた。

「なんだ！」

石上がもがく。後ろから、男が腕ごと石上を拘束していた。

「江田！　大丈夫か！　江田！」

石上が叫ぶ。

腕に針が刺さった。

石上がうめいた。まもなく、石上の身体から力が抜ける。頽《くずお》れる石上を伏木は冷めた目で見下ろした。

伏木の前には、スーツを着た屈強な男が二人、立っていた。

「ご苦労様です」

男が二人、伏木に向かって敬礼をする。

ベッドを隠していたカーテンの裏からもスーツを着た二人の男が出てきた。

「アントのスイーパーです。D1の要請を受けてまいりました」

右側の眉毛の太い男が言った。

「D1のクラウンです」

伏木が名乗る。

伏木は、多田から磯部洋幸の拉致命令を受けた後、D1オフィスに連絡を入れた。電話で周藤と協議をし、EMPリゾートの内情を知りうる森下を拉致監禁し、アント本部で口を割らせることにした。

そして、実行日までに周藤がアントと作戦を立て、待ち構えていた。

「あと何名ですか？」

「ここへ二人、駐車場と裏口に各一人ずつの計四人です。二人はまもなくここへ来るので、捕捉してください。その二人を捕捉次第、残りの二人も捕捉してほしいのですが」

「病院周辺には課員を待機させていますので、そのタイミングで全員を拘束しましょう。他に仲間が来ている可能性はありますか？」

「来ていないと言っていますが、確証はありません」

「わかりました。周辺の不審者も同時に拘束します。問題ありませんね？」

「お任せします」

伏木が言う。スイーパーは頷き、襟《えり》につけたピンマイクで素早く指示を出した。

課員二人が、空のベッドに石上を寝かせ、掛《か》け布団《ぶとん》をかぶせた。

「次が来ました」

課員の一人が言う。

ストレッチャーの音が聞こえてきた。アントの課員たちは壁際に身を寄せて息をひそめた。

ストレッチャーが病室前で止まる。スライドドアが静かに開いた。ストレッチャーを押して看護師の格好をしたＥＭＰリゾートの男が入ってきた。その背後から森下が入ってくる。森下が伏木を認めた。

「こっちだ」

伏木がベッドサイドで手招きをする。

ストレッチャーを押して、森下と男が奥へ入った。

背後のスライドドアが閉まった。森下と男が振り向いた。瞬間、両サイドから出てきたアントの課員が森下と男を同時に殴りつけた。不意を食らった森下と男は顎先《あごさき》でまともに拳を受け止めた。

二人が揃って、膝から崩れ落ちる。アントの課員は素早く森下と男の腕を取って袖をまくり、注射をした。

「江田……てめえ……」

森下が伏木を見据える。

伏木は肩を竦めてみせた。

「いやいや、あんたの勘には恐れ入るよ。自分の勘を信じる大切さを改めて教えてもらった。ありがとうよ」

そう言って、微笑む。

と、森下も笑みをにじませた。

「おまえが何者か知らないが、勝ったと思うなよ。こういう事態も想定して、別働隊に見張らせている。今頃は、多田社長の下に連絡が行っているはずだ。最初から、おまえは信用していないんだよ」

「それは本当か！」

伏木は大仰に驚いてみせた。

「ということです、スイーパー」

「承知しました」

壁際でスイーパーはピンマイクに口を寄せ、ぼそぼそと指示を送る。

その様子を見て、森下の眦が強張った。伏木は屈《かが》んで、森下を見据えた。

「心配するな。俺も最初からおまえらは信用していない。そうしたこともあるだろうと思って、手は打っておいた。別働隊も今頃、俺の仲間に捕まっているよ。ご苦労さん」

「てめえ……何者だ……」

薬が効いてきたのか、瞼《まぶた》が下がってくる。

「あんたが知る必要はない。だが、あんたは知っていることをすべて、我々に素直に話すんだぞ。そうしないと――」

伏木は森下の耳元に顔を近づけた。

「一生、シャバを拝《おが》めなくなるからな」

「き……さま……」

森下は歯ぎしりをした。そしてまもなく、眠りに落ちた。

伏木は立ち上がった。スイーパーが伏木に歩み寄る。

「クラウン。外で待機させていた課員が病院周辺でうろついていた不審人物を数名拘束したようですが、どうしますか？」

「おそらくEMPリゾートの連中です。連行して吐かせてください」

「わかりました。では」

スイーパーは会釈をすると、病室で眠った森下ら三人をストレッチャーに乗せ、運び出した。

伏木は病室で息をついた。

アントと入れ替わりに、智恵理が入ってくる。

「終わった？」

「ああ、チェリー。浜松まで来てもらって悪かったね。今、片付いたよ」

伏木は笑顔を向けた。

「たまには、私もオフィスを出たいからちょうどよかった」

智恵理も笑みをこぼす。

「ポンと磯部洋幸は？」

「東京の警察病院に搬送したよ。磯部さんの記憶障害は専門医を付けて対応してる。ポンには別の仕事が入ってきたから、今、それにかかってもらってる」

「別の仕事とは？」

「リヴがSAEGUSAコンソーシアムからデータを手に入れたので、その解析。サーバルもＮＰＯの新しいネタを仕入れてきたから、今、ファルコンが分析してる」

「いろいろと動いてるね。僕が送った地図は役に立っているかい？」

「ばっちりよ。それもファルコンが分析中。短時間でうまく入手するあたり、さすがだね」

「おっ。やっと、僕の実力がわかってきたのかな？」

伏木は智恵理に歩み寄った。

「じゃあ、一仕事終えたところだし、これから食事でもどうかな？」

肩に手をかける。

智恵理は、にっこりとして伏木を見上げた。瞳から笑みが消える。

「気安く触るなと言ってんだろうが」

柳眉を吊り上げ、小声で凄んだ。

「おっと。僕は、ＥＭＰリゾートに戻らなきゃならないんだった。デートできなくてごめんね」

伏木は智恵理の肩から手を放し、病室を出た。

「まったく……油断も隙もないんだから」

智恵理は伏木の背中を睨み、スマートフォンを取った。周藤に連絡を入れる。

「もしもし、チェリーです。ＥＭＰリゾート関係者の捕捉を完了しました。これからオフィスに戻ります」

5

伏木は、森下たちが乗ってきたワゴンで東名高速をひた走り、三時間半後にEMPリゾート開発の東京支社へ戻ってきた。

午前六時を回ったところだが、オフィスの明かりは点《つ》いていた。

社長室へ飛び込むと、多田は脇にいた美紗を押しのけてソファーを立ち、伏木ににじり寄ってきた。

「何があったんだ!」

「ちょっと、落ち着かせてください」

伏木はソファーに座り込んだ。

多田が差し向かいに腰を下ろす。

伏木は多田が飲んでいたブランデーのグラスを取り、喉に流し込んだ。口辺からこぼれた滴《しずく》を手の甲で拭《ぬぐ》う。

多田には、東京へ向かう途中で連絡を入れた。何者かが現われ、全員が捕らえられたと、ざっくりとした情報しか与えていない。そのせいか、多田の苛立《いらだ》ちはピークに達しているようだった。

「みんな、捕まったとはどういうことだ？」

タバコを咥《くわ》え、伏木を見据える。

「俺たちは予定通り、内通者の手引きで浜松第一病院の個室へ乗り込んだ。しかし、そこに磯部洋幸の姿はなく、誰かに待ち伏せされてた。しかも、その連中は病院周辺にも仲間を配置して、森下さんが用意していた別働隊まで根こそぎ持って行った」

「根こそぎってのはどういうことだ！　うちの精鋭を全員つぎ込んだんだぞ！」

多田はグラスを投げた。破片が四散する。

「知らねえよ！　ともかく全員やられた！」

伏木が声を張る。

多田は双肩を上下させ、二、三度深呼吸をし、気を落ちつけた。

「計画がバレていたということか？」

「そうとしか説明がつかないな」

「サツか？」

「警察手帳は提示しなかった。行動も素早かった。サツかどうかはわからないが、プロには違いない」

「てめえが売ったんじゃねえだろうな」

多田が睨める。

「だったら、ここへ戻ってくるわけがねえだろうが」

伏木は睨み返した。

しばらく、睨み合いが続く。美紗は重い空気に耐えられなくなり、部屋を出た。ドアが閉まる音がし、ようやく多田が目線を逸《そ》らした。

「すまねえな。疑いたくはねえんだが」

「いやいい。疑いたくなる気持ちもわかる。俺ももう少し警戒するべきだった。大事な仲間をひどい目に遭わせちまった。この通りだ」

伏木は両膝に手をつき、深く頭を下げた。

顔を上げる。

「なあ、多田さん。この際だから訊いておくが、何かトラブルを抱えていたということはないのか？」

「ＮＰＯとは揉めていたが、他は思い当たらない……」

「ＮＰＯなんかじゃない。あれは相当の手練《てだ》れだ。他にないのか？　手を出しそうな連中に心当たりは。例えば、金主とか」

伏木がカマをかける。

多田の眉尻がぴくりと動いた。

「前にも言ったが、EMPリゾートの資金繰りは調べさせてもらっている。こういっちゃあ申し訳ないが、あんたがいくら九州最大手の多田建設の息子だったとしても、ここで調達している金はデカすぎる。相当なバックを持っていることはわかるが、金主ってのはデカけりゃデカいほど、裏切る時も容赦《ようしゃ》ない。誰なんだ？　あんたに投資しているのは」

「そこは関係ねえ」

「そうか？　じゃあ、今夜襲ってきた連中は誰なんだ？　警察なら、令状を出してきちんと逮捕する。そうしないと、あんたらが各現場で行なってきた逸脱行為を立件できなくなるからな。警察でないとすれば、あんたの言う通り、NPOかもしれない。連中がプロを雇って、仲間を拉致ったのかもな。しかし、考えてみろ。連中がそんなことをすれば、雇ったやつらのいいカモになってしまうだけだ。下《した》っ端《ぱ》はともかく、及川も岩橋も社会的立場のある人間だ。そこまでのリスクは踏まないと考えるほうが妥当だろう。消去していくと、残るのは、EMPリゾートと利益を享受している者。つまり、金主だ」

「利益があるなら、こうした手には出ないだろう」

「乗り換えるつもりなんじゃないか？」

「なんだと？」

多田が色を変える。

「EMPリゾートより、いい投資先を見つけた。そちらに資金を投入したいので、EMP

リゾートへの融資からは降りたい。しかし、一筋縄ではいかない。そうしたとき、あんたを黙らせる一番の方法は何だと思う？　ＥＭＰリゾートの手足をもぎ取って、何もできなくしてしまうか。あるいは、頭を殺《や》るか」

「俺を殺るだと！」

多田の双眸《そうぼう》が吊り上がった。

「やれるもんなら、やってみやがれ！　返り討ちだ！」

ボトルを取って、壁に投げつけた。ボトルが砕け、四散したブランデーがカーペットに染みていく。

伏木は眉ひとつ動かさない。

「落ち着け。可能性を言ったまでだ。が……」

やおら、多田を見やる。

「それだけいきり立つということは、多少の心覚えはあるってことなんじゃないか？」

伏木はもう一押しする。

多田は黒目を泳がせ、ソファーに深く座り込んだ。

「……江田さん。ちょっと一人にしてくれ」

「わかった」

伏木は立ち上がった。

「動くときは連絡をくれ。一人で走ることはねえ。俺もあんたの部下だからな。俺の伝手《つて》でも捜してみるから、何かわかれば連絡を入れる」

「ああ。ありがとう」

多田が口元に笑みを覗かせる。

伏木は社長室を出た。

通路の端《はし》に行き、スマートフォンを取る。

「もしもし、チェリー？　クラウンだ。多田が動くかもしれない。至急、アントか調査部に張らせてくれ。俺は——」

話していると、人の気配がした。

気配に目を向ける。美紗が立っていた。不安げに柳眉を下げている。

「俺は、これからもう一仕事だ」

伏木は電話を切り、美紗に歩み寄った。

「社長は？」

「一人にしてほしいそうだ」

「そう……」

美紗が顔を伏せる。

伏木は美紗の肩を優しく撫でた。

「ここで突っ立っていても仕方がない。よければ、一杯付き合わないか？」

「私でいいの？」

「君だからいいんだ」

伏木は美紗の肩を軽く引き寄せた。上体が揺らぎ、伏木の胸元にしなだれる。

「行こうか」

伏木はにんまりとして、美紗を連れ出した。

6

神馬は、文京区《ぶんきようく》にあるNPO法人〈地球の緑を守る会〉の東京本部へ来た。古びた五階建てビルの三階ワンフロアが本部だった。

事務所内はこぎれいで、整然と机が並んでいる。職員は十名ほど。右奥のスペースは資料棚となっていて、左奥には会議応接スペースがあった。

神馬を出迎えたのは、寺内という男だった。薄毛でじっとりとした目つきの男だ。笑顔を見せるものの、愛想笑いであることが一目でわかるほど、腹に一物も二物もありそうな男だった。独特の〝饐《す》えた臭い〟を感じさせている。

「及川先生と岩橋先生から君のことは聞いている。うちの要《かなめ》として、しっかり活動してもら、い」

「そのつもりで来ました」

神馬は強く頷いてみせた。

上京する前、田中から様々な話を聞いた。

設立時からのメンバーである田中は、ＮＰＯ内の変化を間近で見てきた。設立当初は、及川と岩橋が環境保護という志を同じくし、政府や自治体の意向で強引に進められる山林や海岸線の開発に対する抗議活動を進めていた。

ところが、三年程前から、一枚岩だったＮＰＯ内が及川派と岩橋派に二分し始めた。活動方針の違いからだった。

及川はあくまでも学術的な意義を説き、住民を味方に付けながら粛々《しゅくしゅく》と抗議を続けていく道を推し進めようとしていた。田中をはじめ、多くのメンバーがこの考え方を支持していた。が、岩橋は議員になる直前から、一部過激な抗議活動もやむなしという強硬論を唱え始めた。

やがて、いくら抗議活動を続けても何も変わらない現状に業《ごう》を煮《に》やしていた仲間の中から、一人二人と、岩橋の意見に同調する者が出てきた。そして、時が経《た》つにつれ、岩橋の強硬論は一定の支持を得るようになり、ＮＰＯ内で穏健派と強硬派がにらみ合う事態に発展していったのである。

田中が神馬を見張っていたのは、神馬が岩橋派が送り込んできたメンバーではないかと疑っていたからだそうだ。だが、疑いが晴れた今は逆に神馬が襲われるのでは、と心配になったのだ。

最近、岩橋派の者は、及川派の人間に脅しにも近い圧力をかけ、仲間にするか、あるいは追い出すかという強硬手段に打って出ていた。

たかがNPO団体でなぜ、それほどまでの勢力争いが繰り広げられるのか不思議だった。

田中は、主義主張のぶつかり合いだと言ったが、神馬は明らかに違う臭いを感じていた。

実力者が対立を煽《あお》る時には何かがある。これは、神馬の過去の体験やD1での実務経験から培《つちか》った神馬の中の真理だ。金か、名誉か。岩橋が単独で煽っているのか、裏で及川と結託しているのかはわからないが、確実にこの団体を巡って何かが動いている証拠でもある。

神馬は、田中には東京本部の実態を探ってくると言って上京した。

寺内に応接ブースに招かれた。ブースの奥に、玄関口からは見えないドアがあった。その先へ入っていく。ドアを開けると、毛足の長い絨毯《じゅうたん》が敷《し》かれた部屋が現われた。オフィスのような感じとは違い、革張りのソファーも黒檀《こくたん》の執務机も、ちょっとした贅《ぜい》を尽《つ》く

していると いった様子だ。

背もたれの高い椅子には岩橋が座っていた。

「よく来たね、高橋君」

満面の笑みを浮かべ、立ち上がる。

「まあ、座ってくれ」

岩橋は手前のソファーを差した。

「失礼します」

会釈をし、一人掛けのソファーに座った。尻が沈むほど柔らかく、座り心地が悪い。

岩橋は差し向かいのソファーに慣れた様子で座ってもたれ、脚を組んだ。その隣に、寺内が浅く腰掛ける。

「あの……及川先生は？」

「及川先生は大学で講義中だ。君のことは私に一任されている」

岩橋が言う。

にわかに信じがたいが、聞き流した。

「で、私は何をすればいいんでしょうか？」

「先日も話したが、私と及川先生は、君の勇気と実力を買って本部職員に抜擢《ばってき》した。君には我々が抗議活動を行なっている現場に出向き、仲間の安全に寄与してもらいたい」

「つまり、護衛をしろということですか？」

「平たく言えば、そうなる」

「しかし、わからないのですが……」

神馬が難色を示す。

「何だね？　何でも聞いてみなさい」

岩橋は口角を上げた。

「たかだか抗議活動で護衛が必要な事態がそう頻繁《ひんぱん》に起こりうるものなんでしょうか？」

「君は先日、実際に体験したではないか」

「田中さんたちの件は単なる偶然だと思っています。あまりに暴力沙汰が頻繁に起こる抗議活動というのは、それ自体が間違っているということはないのですか？」

「何を言いたいのかな？」

笑顔を浮かべる。しかし、双眸は笑っていない。

「つまり、その……相手にもよると思うんですが、こちらの抗議が激しすぎて相手の気持ちを逆なでしているというところはないか、と」

恐る恐る訊いてみる。

と、岩橋は声を立てて笑った。

「君には、私たちがそうした集団に映るか？」

「いえ……」

「たまには抗議活動がヒートアップしてしまうこともあるが、それはすべて、強引な開発をしようとしている自治体や業者が悪いのであって、我々や開発地に住まう人たちには責任のないことだ。君の言うことは一見、一理ありそうだが、実は違う。私たちが理性的にと声を抑制すれば、彼らはそこに付け入り、さらに大きな声を出して我々をやり込めようとする。我々を過激にさせているのは相手なんだよ。そうした真理を無視して語るからおかしなことになる。そう思わないか？」

岩橋が笑顔で身を乗り出した。顔は笑っているが、目で圧迫してくる。

「そうですね……」

神馬が頷く。

と、岩橋は満足げに背もたれにのけ反った。

「君には真の戦いに協力してほしい。表も裏も含めて。それが本当の活動というものだ。君にはそれだけの力があると、私は見ているよ」

岩橋が言葉を加える。

「俺みたいな者をそこまで買ってくれて……。ありがとうございます」

神馬は深々と頭を下げた。

なるほどな。典型的な人たらしだな、こいつ。

床を見据えながら思う。

相手の意見を否定し、屁理屈《へりくつ》とも思える理論でやり込めた後、評価して持ち上げる。人心を懐柔する際の常とう手段だ。

人間は、自分を否定されると、怒りと同時に不安を覚える。その不安を巧《たく》みに褒めることで拾い上げると、認められたような気分になり、その人物に親近感を覚える。本当はマイナスに落とされた後、プラマイ0《ゼロ》に戻されただけなのだが、受けたほうは上昇した気分になる。相手をプラスに評価しなくていいだけに、この手法は修得すれば万能に近い。

「さっそくだが、君には寺内君と共に、我々が戦っている全国の現場を見てきてほしい。そして戻ってきた後、本格的にどこへ行ってもらうか決めたいと思うが、どうかな？」

「はい。よろしくお願いします」

神馬は再び深く頭を下げながら、腹の中で舌を出した。

7

三日後、周藤は再度、皇龍飯店を訪れた。合い言葉を口にすると、すんなりと劉氏の待つ奥の部屋に通された。

「お忙しいところ、ありがとうございます」

周藤は部屋に入るなり、深く腰を折った。

「まあ、どうぞ」

劉大龍は細長い目をますます細め、差し向かいの席を差した。

周藤はもう一礼して、腰を下ろした。

「ああ、ありがとうございます。知り合いの息子さんの誤解は解けたようで」

「いえいえ。そもそも誤解だったわけですから、私が出るまでもありませんでした」

周藤が言う。

周藤は菊沢を通じて第三会議に掛け合い、不法入国を斡旋していた罪で拘束されていた劉氏の知り合いの息子を釈放させた。もちろん、超法規的措置だが、今回はＤ１の捜査に必要と認められ、措置がなされた。

「あなたのご厚意には感謝いたします」

劉氏が人差し指を上げた。

背後にいたスーツの男が茶封筒を持ってテーブルを回り込んだ。周藤の脇で立ち止まり、封筒を周藤の前に置く。

「こちらをどうぞ」

そう言い、下がる。

「周藤さん。あなたが知りたいことで私からお教えできることはそれだけです。後ほど、お確かめください」

「ありがとうございます」

周藤は封筒を手元に引き寄せた。

中は見ない。その場で内容を確認するのは、劉氏を信じていないことになる。そうした心証を植え付ければ、今後一切、劉氏からは肝の情報を引き出せなくなる。

「一つだけよろしいですか？」

「何でしょう？」

「今中黎一、及び、ＥＧＩ日本支社に何かあっても、劉さんにはご迷惑はかかりませんね？」

周藤は劉氏を見た。劉氏は瞳を細めた。

「お気遣いなく。私にはなんら影響はありませんので」

「それならよかった。ありがとうございました」

「頑張ってください」

劉氏が言う。

周藤は席を立って頭を下げ、店を出た。

資料を手に入れた周藤は、Ｄ１オフィスに戻った。

「おかえりなさい。何か飲みますか？」

智恵理が笑顔を向ける。

「コーヒーをもらえるか」

周藤は言い、自席に着いた。

智恵理はプラスチックカップに作り置きのレギュラーコーヒーを注ぎ、周藤のデスクに近づいた。

「劉氏はどうでした？」

カップを置きながら、訊く。

「相変わらずだが、情報はもらってきた」

茶封筒をデスクに置く。

「これをPDFにして、調査部に送ってくれ」

「わかりました」

智恵理は封筒を受け取り、複合機に駆け寄った。中身を取り出す。閉じていないA4用紙が十二枚入っていた。智恵理は用紙をセットし、ボタンを押した。紙が吸い込まれていき、PDFデータを作成していく。

周藤は紙が滑《すべ》る音を聞きながら、コーヒーを口に含んだ。

「アントから、EMPリゾートの社員たちの供述調書が届いていますが、ご覧になりますか？」

「頼む」

周藤が言うと、智恵理はタブレットを持ってきた。周藤に手渡す。

「０２２です」

そう言い、複合機に戻っていく。

周藤はタブレットを立ち上げ、ファイルナンバー０２２をタップした。加地から届いた調書のＰＤＦファイルが表示される。指でスクロールして、目を通す。

森下以下、拉致したＥＭＰリゾートの社員たちはみな、自社の資金をどこから融通しているのかは知らないようだった。運転資金については、多田本人が管理しているという。にわかには信じがたい証言だが、アント本部で行なわれる取り調べは、普通に警察で行なわれる取り調べとはまったく違う。証拠能力を問うものではなく、真の情報を引き出すための取り調べだ。拷問まがいの取り調べもあれば、薬物を使うこともある。アントの引き出した自白は信ぴょう性が高い。

ただ、ＥＭＰリゾート開発に関わっている企業名や個人名はいくつか挙がっていた。

中でも、周藤が目に留めたのはＳＡＥＧＵＳＡコンソーシアムと三枝征四郎の名だった。森下以下、複数の証言からＳＡＥＧＵＳＡコンソーシアムの三枝征四郎と多田の蜜月な関係が明らかにされていた。

が、社員たちのほとんどは、三枝征四郎が多田の仕事に協力していることは知っていても、実際、どの部分で協力をしているのかは知らないようだった。

ＳＡＥＧＵＳＡコンソーシアムが請け負っているのはエネルギー開発と研究だ。ＥＭＰリゾートが行なうような開発は関係ない。

どうして……。

「チェリー。劉氏の資料を持ってきてくれ」

「はい」

智恵理はＰＤＦ化し終えた劉氏の資料を束《たば》ねて、周藤に渡した。

周藤はざっと目を通した。

劉氏の資料には、ＥＧＩの今中黎一と三枝征四郎の関係が詳しく記載されていた。

今中黎一が帰化をする前の本名は、周黎一だった。十年前に来日し、在留資格を取得して日本で投資会社を経営していた。その時、保証人となっていたのが三枝征四郎だった。

興味深い記述は、周黎一の帰化申請の際のごたつきだ。

周黎一は、一定の帰化申請要件を満たしていた。問題ないだろうと思われていた帰化申請だったが、一度却下されている。申請を行なう二年前、速度違反で交通警察に切符を切られていた件が問題視されたためだ。

国籍法５条１項３号に〝素行が善良であること〟という項目がある。たかが交通違反程度でと知らない者は思うだろうが、日本に帰化する場合、たかが交通違反も致命傷になることが多い。それほど、日本への帰化は難しい。

周黎一は、その半年後に再び、帰化申請をしている。その時は受理され、晴れて日本国籍を手にし、今中黎一という日本名を名乗り始めた。

その頃、周黎一は頻繁に三枝と会っている。また、周黎一との会合が密になるほど、SAEGUSAコンソーシアムの投資管理部門の利益が上がっていった。

この数字は、今中黎一がEGI以前に経営していた投資会社に三枝が資金運用を委託し、弾《はじ》き出したものだが、時同じくして、今中が投資した株の動きが仕手株に近い乱高下を繰り返していた。

この頃、東京地検が当該株のインサイダー取引の立件を視野に入れ、捜査している。

捜査の最中、今中の経営していた投資会社は経営破たんし、倒産した。

その二年後、今中はEGIの日本支社長に就任している。そして、EGI資金はSAEGUSAコンソーシアムの投資部門に流れ、その一部がEMPリゾート開発に流れていた。

周藤は資料を睨み、腕組みをした。

「どうかしましたか？」

智恵理がデスクの向こうから訊く。

「うん……。アントの調書と劉氏からの情報を総合すると、ＥＭＰリゾート開発に資金を提供しているのは、ＳＡＥＧＵＳＡコンソーシアムだということになるんだ」

「ということは、多田のバックは三枝征四郎ということですね」

「素直に受け取れば、そうなる。しかし……」

「エネルギー関連の会社が、なぜリゾート開発の会社に投資をしているか、ですか？」

「そうだ。まるで接点がない。といって、累計百億もの金額を投資している以上、何の見返りも求めないということはあり得ない」

「純粋に、投資は投資で稼ぎたかったということでは？」

「にしても、百億は多すぎる」

「だったら、これが関係あるのかも」

智恵理は自分のタブレットを取り、周藤の横に並んだ。

「これは、先日、ファルコンの指示で用意したＥＭＰリゾート開発と〈地球の緑を守る会〉の係争地を重ね合わせた地図です。これに、クラウンとリヴが手に入れたＥＭＰリゾートとＳＡＥＧＵＳＡコンソーシアムが開発を進めている地図を重ねてみたんですが」

説明しながら、周藤に開いた画面ごとタブレットを渡す。

周藤は、すべてが重なるポイントをじっと見つめていた。

そして、何かに気づいたように、やおらパソコンのキーを叩き始めた。検索を繰り返し、地図を表示した。タブレットの地図と何度も見比べる。

「何か見えてきました？」

智恵理が顔を覗き込む。

「EMPリゾート開発が取得している海沿いの土地の沖には、メタンハイドレートの埋蔵域がある」

「メタンハイドレートを狙っているということ？」

「SAEGUSAコンソーシアムは、今のうちに本格操業のための作業船が出入りする停泊場を確保しようとしているのかもしれない。一度、本格的な掘削が始まれば、その港は金を産む卵となるからな」

「EMPリゾートもそれを知って、協力しているということですか？　でも、EMPリゾートは実際にリゾートホテルを建設していますよ」

「ホテルはいずれ、作業員の宿泊所にもできる。海沿いの土地の利権を手に入れていれば、作業用機械の保管場所なども提供できる。そうした土地を買い漁《あさ》っているとみていいだろう」

「でも、海に所有権はないですよね？」

「それはそうだが……」

呟《つぶや》いた周藤が、顔を上げた。

「そうか。それで漁業権か！」

「どういうことです？」

「地面師《じめんし》と同じ手口だ。漁業権を押さえておけば、一帯から出入りする作業船や沖合の開発についてクレームをつけることができる。それを元に莫大《ばくだい》な漁業補償を請求することも可能だろう」

「そうならないために、ＳＡＥＧＵＳＡコンソーシアムがＥＭＰリゾート開発を使って、先手を打っているということですか？」

「その辺の状況はまだわからない。もう少し、詳細に調べてみよう。チェリー、ＥＭＰリゾートが取得した漁業権がどう処理されたかを調べてくれ」

「わかりました」

智恵理が席に戻る。

周藤は再び、資料を睨んだ。

8

ＳＡＥＧＵＳＡコンソーシアムの社長室には、三枝と今中がいた。スーツを着た好青年風の男とテーブルを挟んで対峙《たいじ》している。

「三枝さん。ＥＭＰリゾートの社員たちが何者かに連れ去られたというのは本当ですか？」

好青年が訊く。

「あなた方ではないのか、岩橋さん」

三枝が見据えた。

三枝と今中の正面にいたのは、岩橋だった。

「御冗談を。私たちが彼らを拉致したところで、何のメリットもありません」

岩橋は涼しげな笑みを浮かべ、椅子にもたれ、脚を組んだ。

「警察か？」

今中が言う。

「いえ。私のほうで調べてみましたが、彼らが警察に拘束されたという話は聞こえてきません」

岩橋が答えた。

「では、誰が……」

今中は腕組みをして、眉間に皺を寄せた。

「誰だってかまわんだろう」

三枝はこともなげに言う。

「しかし、もし警察であれば、こっちの腹も探られるでしょうし、同業他社ならそれこそ厄介ですよ」

　今中に困惑の色が浮かぶ。

「どちらでも同じだ。岩橋さん。そろそろ大掃除しますか」

　三枝が言う。

「大掃除とは？」

「ＥＭＰリゾートを使って、九州から伊豆半島あたりまでの主要地はほぼ手に入れました。あとは漁業権を取得すればいい。あなたもしがらみを処分してそろそろ衣替えをしてはどうです？」

「つまり、エネルギー派に寝返ろと？」

「寝返るというのは語弊がある。あなたも元々、我々のエネルギー戦略に加担していたんですから」

　三枝がほくそ笑む。

　岩橋も目を伏せ、片頬に笑みをにじませた。

「もう少し、環境保護派を気取りたかったんですがね」

「心配いりません。これからは、エネルギー問題に真正面から取り組む政治家が支持される。私のほうで動員させてもらいますよ、票田は」

「だったら、仕方がないですね」

岩橋は三枝を見つめた。

「私はＥＭＰリゾートを処理します。なのであなたは、ＮＰＯを処理してください」

「潰せと？」

「いえいえ、潰すことはない。理想主義者を排除して、ＮＰＯ自体はあなたの手駒として残しておけばいいだけです」

「私が直接手を下すのは、なんとも……。ここは、今中さん。あなたにお願いしたい」

岩橋は今中を見た。

「なぜ、私が……」

「おやおや、忘れてもらっては困りますよ。あなたの帰化申請を通すのに、私も三枝さんを通じて尽力しているんだ。その時の恩を忘れたとは言わないでしょうね？」

岩橋が見据える。笑みの奥に有無を言わせぬ眼光が滲む。

「あなたも誰かに頼めばいいだけです。枝を多くすると露見するリスクが高くなると危惧する者もいるが、それは認識不足だ。トカゲのしっぽは長いほうがいい」

岩橋はにたりと口角を上げた。

「私も賛成だ。ついでに、ＥＭＰリゾートも頼むよ」

「ちょっと待ってください。あなた方に恩義はある。しかし、今は私もＥＧＩ日本支社を束ねる立場だ。あまり、みくびってもらっては困る」

今中は二人を見据えた。

が、岩橋は平然としている。三枝は笑い声を立てた。

「君がEGIに入れたのは、三枝というバックボーンがあったからだ。私が梯子《はしご》を外せば、どうなるか、よく知っているだろう」

三枝は笑みをひっこめ、じとりと睨めた。

「図に乗るやつは、長生きできないぞ」

「社長……」

三枝を見やり、肩を落とす。

「そのあたりは、寺内君に相談しなさい。彼はプロフェッショナルだから」

三枝は今中を見据えた。今中は何も言い返せず、うなだれるだけだった。

「これで、我々も新たなステージに上がれそうですな」

三枝が岩橋を見やる。

「今後ともよろしくお願いしますよ、三枝社長」

岩橋は静かに微笑んだ。

第五章　海上投棄

1

〈地球の緑を守る会〉が携《たずさ》わっている全国の係争地を回る予定だった神馬は、急遽《きゅうきょ》、寺内と共に東京へ戻ってきていた。

飯田橋《いいだばし》のホテルの一室に入る。そこには今中がいた。ソファーに浅く腰かけくたびれた様子で肩を落としている。顔色も悪い。寝ていないのか、涙袋の下のくまが濃くなっていた。

「彼は？」

今中が神馬を見やった。警戒心がにじむ。

「新しい我々の仲間だ。心配ない。高橋君だ」

寺内が言う。

「高橋です。よろしく」

神馬は会釈《えしゃく》をした。

寺内が今中の正面に座る。促《うなが》され、神馬は寺内の隣に腰を下ろした。

「何があったんだ。急に戻ってきてくれとは」

寺内が訊《き》く。

今中はちらりと神馬を見た。

「かまわないと言っているだろう。今中は目を伏せて息を吐き、やおら顔を上げた。

寺内は今中を見据えた。今中は目を伏せて息を吐き、やおら顔を上げた。

「及川と多田を処分しろと言われた」

今中が答える。

神馬の眦《まなじり》がかすかに蠢《うごめ》いた。

「処分とは？」

「文字通り、処分だ。なきものにする」

今中は強く口を結んだ。

神馬は寺内を見た。殺せという命令を聞いても、眉一つ動かさない。

そういうことか……。寺内に感じた〝饐《す》えた臭い〟は、〝人を殺した者の臭い〟だったのだと神馬は得心した。寺内は農水省の官僚だと聞いていたから、それはないと思っていたが。

近頃の役人は殺しまでやるんだな。ヤクザ以下だ。神馬は胸中で唾《つば》を吐《は》き、今中に目を戻した。

「わかった。早速、手を打とう」

「任《まか》せていいのか？」

今中はすがるように寺内を見つめた。

「あなたも動くんですよ。自ら受けた依頼を丸投げにするのはよくない」

寺内はつき放す。今中は再び肩を落とした。

「高橋君」

寺内が神馬に顔を向けた。

「何でしょうか？」

「聞いた通りだ。君にも〝処分〟を手伝ってもらう」

寺内ははっきりとした口調で神馬を試すように言う。

どういう顔をしたものか。考えたが、ここに至ってごまかしても仕方がない。神馬はまっすぐ寺内を見返した。

「思った通りだな。君は私と同じ臭いがした」

寺内がほくそ笑む。

「俺のほうが驚きましたよ。寺内さんがそういう方だとは」

「気づいていたんじゃないのか？」

「いえ。そこまでの見識はありませんよ」

神馬も口角《こうかく》を上げる。

「君がこれまで何をしてきたかは問わない。過去はどうでもいいということだ。その上で確認しておくが。君は今後、私と共にこうした仕事に従事することになる。どうする？」

寺内の眼光が鋭くなる。

「どうするも何も、ここまで聞いた以上、断われば即〝処分〟ですよね？」

「同類でしょう？」

「察しがいいな」

神馬はにやりとした。

今中は神馬と寺内のやりとりを見ていた。面食らった顔で目を丸くする。

「ということだ。今回のミッションは、我々三人で行なう。いいな、今中」

「はい……」

掠《かす》れそうな声で返事をし、うなだれた。

「寺内さん。一ついいですか？」

神馬が切り出した。

「なんだ？」

「処分するのはいいとして、その後の処理はどうするんですか？」

「鱶《ふか》の餌《えさ》にするんだよ」

「なるほど」

神馬が眉を上げる。

「プレジャーボートと操縦士は俺が手配する。今中は至急、及川と多田の居場所とスケジュールを押さえろ。高橋は連絡があるまで、ここで待つように」

「寺内さん、もう一つ」

「何か気になることでもあるか？」

「殺しはどこでどう行なうつもりですか？」

〝殺し〟という言葉に、今中の眦が引きつった。

寺内は今中を一瞥《いちべつ》し、神馬を見やった。

「居場所とスケジュールを押さえた上で、適切なところで息の根を止めて、洋上に捨てるつもりだが」

「それなんですけどね。どのみち、鱶の餌にするなら、陸地では拉致するだけで沖合で放り込めばいいと思うんですよ」

「なぜだ？」

「鱶みたいにでかい鮫に食われれば遺体も上がらないと思うんですが、万が一、遺体を食らった鱶が捕らえられて死体が見つかった時、不自然な傷があると疑われてしまいます。生きたまま放り込めば、溺《おぼ》れ死んでも食われて死んでも違和感はなくなると思いますけど」

「やけに詳しいな。警察関係か？」

寺内がじとりと睨《ね》める。

「死人を見たことがある者なら、当然のことだと思いますが」

神馬も睨《にら》み返した。

寺内がふっと笑みを浮かべた。

「同類だと思っていたが、どうやら、俺以上の修羅場《しゅらば》を経験しているようだな。頼もしい。君の提案も検討しよう。今中、さっそく始めるぞ。高橋君は待機だ」

寺内が立った。今中が渋々《しぶしぶ》腰を浮かせる。寺内は今中の腕を握り、強引に連れ出した。

ドアが閉まり、静かになる。

神馬はスマートフォンを取り出した。

「おっさんの考えはわかりやすいな」

独りごちて微笑《ほほえ》み、メールを打った。

2

USBメモリーの解析を終えた栗島は、洋幸の病室に戻っていた。

東京の警察病院へ移って、食事も少しずつ摂《と》れるようになり、顔色も良くなってきた。

体中にあった傷も深い傷以外はほとんど問題ない程度に治癒《ちゆ》している。しかし、依然として記憶は戻らない。本人もなかなか記憶が戻らないことに苛立《いらだ》っているようだった。

「米田さん」

「なんだい？」

栗島は微笑みを向けた。

「ここまで連れてきてくれるということは、僕が誰か知っているんでしょう？」

洋幸が栗島を見つめた。

栗島は目を伏せた。そして、顔を上げ、洋幸をまっすぐに見た。

「知ってるよ」

栗島が言う。

洋幸は上体を起こした。

「教えてください！」

栗島の腕を握る。

栗島はやんわりと手を振り解《ほど》いた。

「それは、君が自ら思い出すことだ」

「でも――」

「そうしないと意味がないんだよ」

話しながら、洋幸を寝かしつける。枕に頭を乗せた洋幸をじっと見つめ、栗島は言葉を続けた。

「君が記憶を失っているのは、大きなショックに襲われたからだ。君の身に何が起こったか、推測はできるけれど、真相は君しか知らないんだ。仮に医師から要請があればそれを話すこともできる。だけど、僕が不用意に教えることで、君の中にある真実に色を付けるわけにはいかない」

「ヒントだけでも」

洋幸が食い下がる。

栗島は首を横に振った。

「今、思い出せないものは思い出さなくてもいいと思う。ただ、いつかは乗り越えなきゃいけない。君自身の力でね。僕は手助けはできるけど、乗り越えるのは君自身なんだ。だから、僕からは何も言わない。君も焦ることはない。必ず、その時が来るから」

「米田さん……」

「気にしないで。君は自分のことだけを考えていればいい」

栗島は優しく口にした。

携帯が鳴った。栗島は部屋の隅へ行き、電話に出た。

「もしもし。はい。はい……わかりました」

手短に返事をし、電話を切った。

「ごめん。これから仕事に戻らなきゃならない。終わったらまた来るから、今は余計なことを考えず、治療に専念して」

栗島が念をおす。

洋幸は小さく頷《うなず》き、目を伏せた。

「米田さん」

「何？」

「一つ聞いてもいいですか？」

「何でもどうぞ」

目を細める。

「米田さんが親身になってくれているのは、僕が何かのトラブルに関わっていて、僕から何か聞き出したいからではないんですか？」

洋幸がまっすぐ栗島を見つめた。

「僕が勝手に世話を焼いているだけだよ」

栗島が言う。

「勝手に世話をしてくれているとは思えません。本当のことを言ってください」

「本当のことだ。気にしないで」

「……わかりました」

洋幸が首を傾《かし》げる。栗島は病室を出ようとした。

「わかった上で、聞いておいてほしいことが」

洋幸は栗島の背中に言葉を投げた。

栗島は脚を止めた。

「ここ数日、同じ夢ばかり見るんです。天竜信用金庫西支店の貸金庫。鍵は赤富士と鯛《たい》の大漁旗が飾ってある家の冷凍庫の奥。これだけは渡してはいけないと僕が誰かに言っているんです。誰に言っているのか、その家がどこにあるのかもわからないんですけど、繰り返し、鮮明な映像を見て、その言葉を聞くんです。気になって仕方がないんです。本当に夢なのか。それとも、僕の中の記憶の一部なのか。記憶の欠如は僕自身でなんとかします。けれど、せめてそれが夢なのかどうか、確かめてくれませんか？」

洋幸は栗島を見据えた。

栗島はにっこりと笑ってみせた。

「きっと、夢だよ。その話は主治医にもしないほうがいいかも。治療の妨げになるかもしれないからね。一応、確かめてみるよ。ともかく、しっかり心身を治して。じゃあ、また来るから」

そう言い、病室を出る。

栗島は護衛の警察官に会釈をし、エレベーターに乗り込んだ。笑顔が消える。

最も気になっていることを思い出したんだ、彼は。

携帯を出し、すぐさまD1オフィスに連絡を入れた。

3

凜子はいつものように残業をして、人がいなくなるのを待った。最後に経理課長の上野が退《ひ》け、誰もいなくなったところで上野の席に着き、パソコンを起動した。

小林から預かっているUSBメモリーを差す。ファイルを開くと、自動的にプログラムが走り始めた。インストール画面が表示され、緑色のラインが左から右へ忙《せわ》しなく動く。

凜子はもう一つ用意していた一円玉大の無線装置を本体裏のUSBジャックに差し込んだ。画面を見つめ、インストールが終わるのを待つ。

栗島がUSBメモリーを解析した結果、データの中から小林たちが使っている幹部専用サーバーへのパスワードが見つかった。栗島は専用サーバーへアクセスするプログラムを仕込み、凜子に渡した。これで、上野がパソコンを起《た》ち上げている間は、自動的に幹部専用サーバーにアクセスし、本体裏の無線装置から凜子の抽斗《ひきだし》にしまっている受信専用のハードディスクにデータを送り込むことができる。

専用サーバーにどの程度のデータが置かれているかは不明だが、少なくともいくつかの肝となる情報は手に入れられるだろうと、凜子は踏んでいた。

インストールを待ちながら、凜子はちらちらと出入口のドアを気にしていた。

このところ、残業をしていると頻繁《ひんぱん》に小林が顔を出すようになった。エネルギー庁長官のポストという言葉が思いのほか効《き》いたようだ。

おかげでデータの収集が難しくなった。

壁に掛かった時計を見た。午後七時を十分ほど回ったところだ。いつもの感じだとあと五分ほどで小林が顔を出す。

凜子はじりじりとしつつ、インストールが終わるのを待った。

耳を澄ませる。ハードディスクのモーター音だけが響いている。その中にかすかに足音が聞こえてきた。フロアをしっかりと踏みしめる革靴の音。小林の足音だ。

凜子はドアロと画面を交互に見やった。インストールは98パーセント終わっている。

「早く！」

思わず小声で呟《つぶや》く。

ドアを見据える。足音が立ち止まった。ドアハンドルがゆっくりと傾く。片方の目の端で画面を急《せ》かす。

インストールが完了した。凜子は素早くＵＳＢメモリーを引き抜いた。電源ボタンを長押しする。パソコンは強制シャットダウンした。

上野の席を立ち、急いで自席に戻る。椅子の脇に立ったところでドアが開いた。

「大泉さん。今日も残業ですか？」

小林が満面の笑みを向けた。

「そろそろ終わろうかと思っていたところです」

凜子は白い歯を覗《のぞ》かせ、腰を下ろした。自席のパソコンをシャットダウンし、抽斗を開く。ハードディスクを確認する。通信正常を示す緑色のランプが灯《とも》っていた。

抽斗を閉じ、ＵＳＢを取り出したふりをする。小林が脇まで歩み寄ってきた。

「そうそう、小林さん。返し忘れていました。ありがとうございました」

メモリーを差し出す。

「お役に立ちましたか？」

「はい。伯父も喜んでいました」

「そうですか。それはよかった」

小林はＵＳＢメモリーを握り締めた。

ＵＳＢ内の侵入プログラムは、別のハードディスクにＵＳＢメモリーを仕込んだ後、自動的に消去されるよう設計されている。経理課長のパソコンにプログラムを移行した今、ＵＳＢ内には小林から受け取った地図データしか残されていない。

「ちょうどよかった。お食事でもいかがですか？」

凜子から誘ってみた。

「ああ、お誘いはありがたいのですが、これから大事な仕事がありまして」

「何ですか？」

「取引先との接待です。社長の到着が遅れるので、私が先に出向かなければなりませんでね。せっかくの大泉さんのお誘いを断わってしまい、申し訳ない」

小林が腰を折った。

「いえ、こちらこそ、小林さんのご予定も聞かずお誘いして、申し訳ありませんでした。またの機会に」

「ぜひよろしくお願いします。大泉先生にもよろしくお伝えください」

そう言い、そそくさと出て行った。

「用事があるなら、寄らないでほしかったわね」

凜子は一瞥し、再び課長の席に戻った。

4

今中は寺内と共に後部窓にスモークを貼ったグレーのセダンに乗り込み、息を潜《ひそ》めていた。カーラジオが夜七時の時報を告げていた。

車は帝林大学近くの公園の駐車場に停《と》まっていた。及川を待ち伏せている。及川はこの公園の遊歩道を抜けて駅へ向かうのが常だった。

及川の今宵《こよい》のスケジュールは押さえていた。大学で教鞭《きょうべん》を執《と》り、通常の業務を終えて、午後七時には大学を後にするはずだ。

各現場へ抗議活動へ出かける以外の及川の生活ぶりは実に地味だった。

朝十時に大学へ入り、講義や自室での研究を粛々《しゅくしゅく》と終えた後、午後七時に大学を出て小平《こだいら》の一軒家に帰宅する。仲間の教授や学生と出かけることはめったにない。判で押したような、という言葉があるが、まさしく及川は役人さながらの判で押したような時間通りの生活を送っていた。

「こんなところで誘拐するだなんて、大丈夫か?」

今中はフロントから周りを見回し、何度も何度も汗ばんだ手でハンドルを握り直した。

「人一人をさらうのに場所は関係ない。なんなら、駅前で実行してみるか？」

助手席で寺内がにやりとする。

「冗談はやめてくれ」

今中はハンドルを叩《たた》いた。

寺内は苦笑し、首を振った。

「落ち着け。冗談でも何でもない。防犯カメラの死角になる場所なら、人の多い少ないはあまり関係ないんだよ」

「どういうことだ？」

「人間というのはなかなか愚《おろ》かなものでね。インパクトの強い出来事を目の当《ま》たりにすると、その一点しか記憶できなくなる。目の前で誘拐が起こると、誘拐を目撃したという記憶だけは残るが、どのような人物がどのような者にさらわれたのかは一切《いっさい》思い出せなくなる。強烈な印象を残した事象だけが焼き付いてしまうんだ。目撃情報が散漫だという話をよく耳にするだろう。そういうことだ」

「そんなに単純なものなのか？」

「単純だ。毎年、誘拐事件がどのくらい起こっているか、知っているか？」

「いや……」

「二百件から三百件。そのうちの一割は解決していない。しかも、それは警察に誘拐として認知された件数だ。知られていない誘拐を含めれば、倍はあるだろうな。神隠しのように、ある日突然消えてなくなる者は大勢いるということだ」

寺内がほくそ笑む。

今中は身を震わせた。

寺内の噂《うわさ》はかねてから耳にしていた。今でこそ、農水省の官僚として役人面《やくにんづら》をしているが、その昔は人には言えないようなことをしていたという話だ。

独特のじとりとした雰囲気を持つ男だが、今中はその噂を疑わしく思っていた。官僚が闇に手を染めているとは思えなかったからだ。

役人の中にヤクザのような者がいることは知っている。しかしそれはせいぜい、取引業者に国家権力という圧力をかけて、金を受け取る程度のものだ。それ以上のことは、立場もあって行なわない。だから、不気味ではあるが、これまで寺内に怖さを感じたことはなかった。

だが、付き合いが深くなるにつれ、寺内の纏《まと》う空気が、自分が感じているそれとは違うことに気づかされていった。

寺内が何を行なったのかは知らない。が、裏社会の人間は特有のオーラを纏っている。どす黒く、相手に有無《うむ》を言わせない迫力のようなものだ。金融の世界に長く身を置いてきた今中は、肌でその一種独特の雰囲気を覚えている。

寺内にはそれがある。

「来たぞ」

寺内がバックミラーを覗いた。

今中も目を向けた。緩やかなカーブを曲がり、ほっそりとした白髪頭《しらがあたま》に白髭《しろひげ》を蓄《たくわ》えた壮年男性が駅へ向かって歩いてきていた。周囲を見やる。幸い、通行人はいない。今中はラジオのスイッチを切った。

「俺が捕まえる。後部座席に引き込んだら、すぐに車を出せ。急発進は絶対にするな。交通規則も守れ。あくまでも普通にだ」

「信号で引っかかったら、まずいんじゃ……」

「不審な走行をするほうがまずいんだよ。おまえは普通に運転していればいい」

及川が近づいてくる。

「勝手にびびってしくじったら、おまえも鱶の餌だ」

寺内はひと睨みし、助手席を降りた。

後部ドアを少し開け、車の脇に立つ。車内灯は切っている。周りからは後部ドアが開いていることを悟られない。

及川は目線を下げたまま、足早に駅へ向かっていた。車には見向きもせず、寺内の前を通り過ぎる。

寺内は素早く及川の背後に回り込んだ。刹那《せつな》、左手で及川の口を塞ぎ右腕で全身を締め上げた。そのまま車の方へ引きずっていく。及川がもがいた。ショルダーバッグが揺れる。

寺内は強引に及川の頭を押さえ込むと、後部ドアを大きく開けた。さらに及川の身体をくの字に曲げ、後部シートに放り投げる。細い及川の身体がシートに跳《は》ねた。覆《おお》いかぶさるように寺内が後部座席に乗り込み、ドアを閉めた。

「出せ！」

冷たく響く命令が飛ぶ。

今中はアクセルを踏み込んだ。タイヤがスキール音を上げる。

「普通に出せと言っただろうが！」

寺内が恫喝《どうかつ》した。

今中の両肩が跳ねた。今中は震えを抑え、努めて静かに車を滑《すべ》らせた。

「助けて！　誰か――」

ショルダーバッグを振り回そうとしながら、及川が叫ぶ。

寺内は馬乗りになり、左手のひらを口に押しつけた。及川は抵抗を試みながら、もごもごと呻《うめ》く。

「騒がれちゃ困るんだよ、及川先生」

耳元で告げ、右拳を振り上げる。それを腹部に振り下ろした。

「んぐっ！」

及川が目を剝《む》いた。

寺内は、二発三発と及川の腹を殴った。薄い腹に拳がめり込む。及川の呻きが車内を振動させる。

「信号だ！　どうする！」

「赤なら停《と》まれ。普段通りにだ」

「しかし……」

バックミラーを覗く。

「心配するな。これで終わる」

今中の言葉をさえぎると、寺内は及川の鳩尾《みぞおち》に強烈な右拳を叩き込んだ。

及川は目玉が飛び出しそうなほど双眸《そうぼう》を剝いて、息を詰めた。まもなく、意識を失い、瞼《まぶた》を閉じる。

「じじいのわりに粘ったな」

息を吐き、及川の身体を起こしてシートに座らせた。信号でブレーキを踏むと、及川の上体が傾いた。頭を窓にもたせかけたようにして、動かない。

車が停まる。

「殺したのか……？」

ミラーを覗く今中の眦が強《こわ》ばった。

「気絶しているだけだ。落ちるのに時間がかかったから、肋骨《ろっこつ》は折れているかもな」

こともなげに言い、及川の横に座り、シートに深くもたれた。

「青になったぞ。行け」

ミラーを通して、今中を睨む。

今中は深呼吸をして自分を落ち着かせ、アクセルを踏んだ。

「これからどこへ？」

「高橋を拾っていくので、飯田橋に寄れ。その後は予定通り、浜松のマリーナに向かう」

「多田はどうするんだ？」

「それは手配してある。気を揉《も》むな。あと数時間もすれば、すべてが終わる」

寺内は脚を組んだ。

今中は言われるまま、車を走らせた。

5

多田は平和島《へいわじま》に来ていた。午後七時を回った頃。夜間の荷揚げや積み出しを前にして、賑《にぎ》やかだった倉庫街周辺は少しの間、落ち着きを取り戻している。

海沿いの道路を車で流し、突き当たりまで進んで車のライトを落とす。水路の先には昭和島《しょうわじま》が映り、倉庫や高速道路の明かりが暗い海に揺れていた。時折り吹く潮風が、多田の全身をさらう。

右手にはSAEGUSAコンソーシアムが所有する倉庫がある。道路の奥は行き止まりで、車止めのポールの先には雑草の生えた更地《さらち》が広がっていた。

多田は車を降り、薄暗い更地に入っていった。

三枝と待ち合わせていた。SAEGUSAコンソーシアム本社へ怒鳴《どな》り込む前に、三枝に連絡を取った。すると、三枝はこの場所を指定してきた。

人目のない倉庫裏の更地を選んだ意味を、多田は感じ取っていた。それでも怯《ひる》まず、指定場所へ出向いた。

懐《ふところ》には短刀を持っていた。

向こうがその気なら、三枝だけは道連れにしてやる……。

更地の真ん中に立ち、三枝たちが来るのを待っていた。

一台の車が、車止めの手前まで滑り込んできた。ヘッドライトが多田を照らす。多田は目を細めて車を見た。ライトが落ち、闇が戻る。

運転席のドアだけが開く。一人の男が姿を現わした。薄闇には中背だが横幅ががっちりとしたシルエットが浮かぶ。

「小林か……」

多田はシルエットを見据え、懐に手を忍ばせた。

小林は目鼻が見えるところまで近づき、対峙《たいじ》した。

「三枝は？」

多田が声を抑えた。

「社長は来ない」

小林は静かに言った。

「それが答えか。江田の言う通りだな」

鞘《さや》から刃《やいば》を抜いた。尖端《せんたん》が闇にぬらりと光る。

「すまねえな、小林。おまえらが俺を裏切ったとわかった以上、三枝にはきっちりとカタを付けてもらう。てめえに恨みはねえが、邪魔するなら殺《や》るぞ」

「裏切ったとは？」

「おいおい、今さらとぼけるな。おまえら、俺の会社から資金を引き揚げて、鞍替《くらが》えするつもりなんだろう？　こっちにも情報源はあるんだ」

多田は片頬を上げた。

と、小林は目を丸くした後、笑い始めた。

「こら。人をナメるにも程があるぞ」

低い声で唸《うな》り、切っ先を起こした。

「いや、おまえの情報源とやらがあまりに陳腐でな」

「どういうことだ……」

「裏切られたというのは、そもそも対等な契約があってのことだろう?」

「当たり前だ」

「だったら、おまえは勘違いしている。裏切りなどない。そもそもおまえと対等な契約関係にはないのだから」

「なんだと?」

多田が気色《けしき》ばむ。

「おまえらは社長及びSAEGUSAコンソーシアムの手足に過ぎない。使えなくなった手足を落とすのは、本体の自由だ」

「ふざけやがって……。しかし、いいのか? 俺を潰《つぶ》そうとすれば、うちで手に入れた土地建物を二束三文で転売する。おまえらは今までの投資を回収できなくなる。太平洋沿岸にリゾートホテルを展開するなんてのは、夢のまた夢になるぞ」

多田はほくそ笑んだ。

するとまた、小林が声を立てて笑った。

「だから、それが勘違いだと言っているんだ。今どき、バブリーなリゾートホテルを展開して儲かるわけがないだろう」

「そんなことはわかってる。俺もバカじゃない。おまえらが、別の目的で海沿いの土地を買い漁《あさ》っていることには、とうの昔に気づいていた。その上で俺が手に入れた土地をおまえらには渡さないと言っているんだ。もっとも、おまえらの計画に俺も一枚かませるってんなら考えてやるがな」

多田は、小林を見据えた。

「真の目的は何だ」

「おまえが知る必要はない」

小林は左脚を引いて半身になった。

「そうか。なら、口を割らせてやるよ」

多田は短刀の柄《つか》を握り直した。

「できるかな?」

小林が笑みを滲ませる。

多田が地を蹴った。一気に小林との間合いを詰め、刃を突き出す。

小林はさらに左脚を引くと、身体を半回転させて切っ先を躱《かわ》した。同時に多田の肩を押して突き飛ばし、入れ替わった。

勢いのついた多田は右脚を大きく踏み出し、つんのめりそうになる身体を止めた。やおら、振り返る。

「やるじゃねえか」

多田の目の色が変わった。眼球の奥がどす黒く光る。

「一応、経験者なんでな」

小林は軽く前腕を上げ、半身に構えた。

「キックか？」

「その他もいろいろと」

「ふん。どれもモノになってねえってことか」

「違う」

小林が顎を引いた。

「どれも人より早く習得してしまうんで、敵がいなくなるだけだ」

「ほざいてろ」

多田は腰をためると、再び地を蹴った。刃を突き出す。

小林は同じように右脇に身を躱した。多田も今度は素早く体を止め、小林の気配に刃先を振った。目の端《はし》に小林の顔が映る。切っ先が顔に迫る。多田はにやりとした。もらった。思った瞬間だった。

小林の顔が視界から消えた。尖端が残像を掠《かす》める。多田は反射的に前方へ逃れようとした。

その刹那、右脇腹に強烈な蹴りがめり込んだ。

「ぐおお……」

多田はたまらず腰を折った。

「このままおまえを殴り殺すこともできるんだが、なるべく無傷で連れてこいとの命令だ。おとなしくすれば、これ以上はやらんが」

「うるせえ!」

背後に向け、バネのように短刀を振った。その手首に小林の裏拳が炸裂《さくれつ》した。

多田の腕がはじかれた。強烈な衝撃で指先が痺《しび》れて弛《ゆる》み、短刀が放物線を描いた。

思わず振り返った多田の眼に、小林の影が映る。影は右脚を上げた。

多田はとっさに両腕を立て、背を丸めた。肘《ひじ》を固める。そこに前蹴りが飛んできた。肘関節が軋《きし》んだ。凄《すさ》まじい圧力で弾《はじ》かれ、後退する。

小林が続けざまに左ハイキックを放った。多田は腕を上げ、左に回った。

が、小林の脚は多田の腕に当たる寸前で止まった。素早く脚を降ろしてスイッチし、右ハイキックを放つ。

多田の身体は左に傾いていた。左腕を上げるが、間に合わない。小林の脛《すね》が多田のガードをすり抜け、首筋にめり込んだ。

多田は双眸を剝いた。血流が途切れる。両膝が生まれたての子羊のように揺らぐ。

「まだ立っていられるとは、たいしたもんだ」

小林は多田に歩み寄った。

「まあしかし、ここまでだ。お疲れさん」

無造作に右フックを振る。基骨節《きこっせつ》が多田の顎先を掠めた。

首が直角に近いほど折れた。多田の意識が飛んだ。目を開いたまま頽《くずお》れる。両膝を突いた多田の身体が、ゆっくりと前のめりに沈んでいった。

「所詮《しょせん》、チンピラだな」

小林は鼻で笑い、多田の身体を持ち上げると、肩に担《かつ》いだ。

6

神馬は迎えに来た寺内と共に、今中の運転するグレーのセダンに乗り込んだ。寺内は助手席に移動し、神馬が及川の横に座った。神馬はバックミラーの死角に当たる場所でスマートフォンを操作し、周藤の携帯に繫《つな》いだ。そのままポケットにねじ込む。

車が滑り出した。

「寺内さん。どこへ行くんですか？」

「浜松のマリーナだ。プレジャーボートを用意してある。そこから出航して、沖合に投棄すれば終了だ」

「おれの出番はありませんね」

「いやいや、及川がいつ目覚めるともしれない。また、多田もそこへ運ばれてくるから、投棄現場に到着するまで及川ともどもしっかりと押さえていてもらいたい」

「わかりました」

神馬はシートにもたれ、及川を見た。

口からは嘔吐《おうと》物が滲んでいた。相当殴られたようだ。が、血は出ていない。

神馬はポケットからこっそりとスマートフォンを出した。バックミラーを覗く。寺内と今中は前を見ていた。素早く、及川のポケットにスマートフォンを忍ばせる。

「寺内さん。着くまで、寝ててもいいですか？」

「かまわんよ。休息は必要だ」

寺内はバックミラーを覗いて言った。

「着いたら起こしてください」

そう言い、神馬はシートに背を沈め、目を閉じた。


周藤はスマートフォンを耳に当てていた。

——着いたら起こしてください。

神馬の言葉が終わると同時に、静かになる。周藤は録音に切り替え、スマホを繋いだままデスクに置いた。

顔を上げる。オフィスには智恵理の他に伏木と栗島が顔を揃《そろ》えていた。

「チェリー。サーバルのスマホの電波をＧＰＳで捕捉しろ」

「了解」

智恵理はタブレットをタップした。

ＧＰＳ追跡プログラムを起ち上げ、神馬のスマートフォンの番号を入力する。まもなく地図が表示され、赤い点滅が表われた。瞬《また》く赤い点は首都高速を西へと向かっていた。

「捕捉しました」

智恵理が周藤を見る。周藤は頷いた。

「ポン、クラウン。西新宿六丁目のアイランドタワーへ行くぞ。ヘリをチャーターしてある」

周藤はスーツの上着を取った。伏木と栗島も席を立つ。

「チェリー。アントに連絡をして、浜松のマリーナにプレジャーボートを待機させておいてくれ。それと、車の動きに変更があれば、すぐに連絡を。リヴに連絡を取り、オフィスに待機させておいてほしい。万が一、連中が行き先を変えた場合、君とリヴに出張ってもらうことになるかもしれないから」

「わかりました」

智恵理は真顔を向けた。

周藤は伏木と栗島を連れ立ち、オフィスを出た。第一生命ビルを出て、都庁北交差点を渡り、アイランドタワーへ向かう。

「いやいや、さすがファルコン。ヘリまで用意していたとはね」

「当たり前のことだ」

周藤は伏木を一瞥した。

神馬から連絡を受けた周藤は、どこに移動するかわからない寺内たちに対処できるよう、準備を整《ととの》えていた。近場であれば、そのまま車で向かう予定だった。が、近場とは限らない。もしもを想定し、新宿アイランドタワーのヘリポートにヘリコプターを待機させていた。

浜松までは約二百五十キロメートルの距離。車では三時間半かかるが、ヘリコプターならその半分以下の時間でたどり着く。

「ファルコンは残らないんですか？」

栗島が訊く。

「サーバルたちの件は君らに任せる。俺は磯部洋幸が言った〝夢〟の話を確かめてくる」

「天竜信用金庫の貸金庫の件ですね？」

「そうだ」

「何か気になるのかい？」

伏木が訊く。

「確かではないが、磯部洋幸が守ろうとしたものが俺の思い通りなら、ぼやけていた今回の一件の背景がはっきりする」

「なるほど。そこはファルコンに任せるしかないな」

伏木は肩を竦めた。

「及川と多田の身柄は必ず確保しろ。わかったな」

周藤の言葉に、伏木と栗島は頷いた。

7

ヘリコプターは一時間二十分後に、浜松駅前にあるアクトシティー浜松のヘリポートに着陸した。ヘリポートでは、アントの課員が二名、周藤たちを出迎えた。周藤はもう一人のアント課員と共に中平地区へ向かった。一人は伏木と栗島をプレジャーボートのある港へと連れていった。

中平地区は夜を迎えて静かだ。が、NPO団体の職員や警察官がそこかしこに散在し、路地にはうっすらとした緊張感が漂《ただよ》っている。二人は表向きの身分証を提示し、目的地まで急いだ。

周藤は入り組んだ狭い路地を歩き、赤富士と鯛が描かれた大漁旗を探した。その珍しい大漁旗を飾ってある家はまもなく見つかった。

家の前でアント課員と別れた。周藤は表札を見た。磯部達洋と書かれてある。表札の横には漁労長という札もかかっていた。

「なるほど、実家か」

周藤は玄関のベルを鳴らした。

やや間があって、ドアが開いた。白髪頭の壮年男性が顔を出した。海灼《うみや》けした額《ひたい》には深い皺《しわ》が刻まれている。

「どちらさん?」

「警察のものです」

周藤は一般で使う鈴木《すずき》名の身分証を提示した。

「警視庁の方が何の用ですか?」

達洋は訝《いぶか》った。

「洋幸さんの件で」

声を潜《ひそ》める。達洋が口を開きかける。周藤は鼻先に人差し指を立てた。

「よろしいですか？」

「はい、どうぞ」

達洋は周りを見回し、周藤を招き入れた。

元網元《あみもと》らしい立派な平屋だった。廊下の脇にはいくつもの部屋が並び、二十畳ほどの大広間もある。

「こちらにＮＰＯの方はいらっしゃらないのですか？」

「うちはお断わりしています。彼らに協力しないわけではないのですが、ちょっと今は積極的に協力する気にはなれなくて……」

「お察しします」

周藤は気遣った。

漁労長として、組合員の船のほとんどを焼失させてしまった責任。父親として、息子を死なせてしまったかもしれない悔恨《かいこん》の念。達洋の胸中は察して余りある。

周藤は十畳ほどの応接間に通された。床《とこ》の間には魚拓《ぎょたく》の掛け軸が飾られ、壁にも魚拓や小さな大漁旗が飾られている。その中に古びた若い女性の写真があった。達洋は、武骨な手でお茶を注ぎ、湯飲みを周藤に差し出した。

「いただきます」

周藤は湯飲みを取って、女性の写真に目を向けた。

「あちらの方は？」

周藤が訊く。

達洋は目線を追った。ふっと微笑み、目を伏せる。

「妻です。二十年前に病気で死にました」

「そうでしたか……」

「できた妻でした。私が操業に出ている時は、近所の奥さん方のまとめ役となってくれて、海が荒れて心配している仲間の奥さんを、自分の心配を呑《の》み込んで気丈に励ますような妻でした。洋幸も大好きでした。妻が死んだ後は、私と洋幸は衝突することが多くなってね。少しの間、洋幸は道を外れていました。それでも、二十歳《はたち》になって戻ってきて、漁師を継ぐと言ってくれたんです。聞いてみると、妻が私のことや漁師のことを小さな頃からよく語っていてくれたようでね。洋幸の仲間にも、妻に聞かされた漁師の話に憧《あこが》れて漁師になった連中がいるほどです」

「夫の仕事を誇りを持って伝えられる。いい奥さんですね」

写真を見やり、目を細める。

「まったくです。しかし、妻がそうして守ってくれたこの地区の漁業を私が潰してしまった……」

達洋が肩を落とした。

「磯部さんのせいではありませんよ」

「いえ、私の交渉力がなかったせいです。しかし──」

達洋が顔を上げた。

「こうして警視庁の方が見えられるということは、洋幸は生きているんですね？」

すがるように周藤を見つめる。

周藤は強く頷いた。

「よかった……」

達洋は全身で安堵《あんど》の息を吐いた。大きな目が潤《うる》む。

「洋上で発見され、重傷を負っていましたが、今は回復し、元気を取り戻しています」

「東京にいるんですか？」

「はい。警察病院で保護しています。発見時、何らかのトラブルに巻き込まれたことはあきらかでしたので」

「ありがとうございます」

達洋が深々と頭を下げる。

「ただし、記憶を失っています」

「記憶を？」

達洋の目が強ばる。

「トラブル……おそらく、漁船放火事件があった時のことだとは思うのですが、その際のショックで記憶を欠如しています。自分の名前すら思い出せません。現在、記憶障害の専門医を付けて治療をしています」

「そうですか……。しかし、それならそれで思い出さないほうがいいのかもしれません」

「磯部さん。当日、何があったのですか？　所轄に問い合わせてみましたが、磯部さんは詳しいことをほとんど語っていらっしゃらないと聞きました」

「もし、洋幸が生きていたらと思いましてね」

「心配なことでも？」

周藤が優しく尋ねる。

達洋は顔を伏せた。湯飲みを何度も握り、逡巡《しゅんじゅん》する。

「磯部さん。洋幸君は私たちが責任を持って保護をします。話してくれませんか？」

周藤は促した。

達洋はぐっと握り締めた湯飲みでテーブルを叩くと、顔を上げた。

「あの日の夜、ＥＭＰリゾートの多田と土地売買の件で話し合っていました。私は漁業の先行きに不安があったので、町の人間が望むならそれもいいかなと思っていたのですが、洋幸ら若手の漁師は漁を続けると突っぱねまして。最終交渉は決裂。その直後、漁船に火

「それで間違いないのですね。それを点《つ》けられました」

「ということは、漁船に放火したのはEMPリゾートの人間で間違いないのですね。それを話せば、彼らが逮捕されるはず。なぜ、証言を拒《こば》んだのですか？」

「そんなことをする連中だからです。火を点けるだとか、漁民を殺すだとか、いろいろと脅しをかけられていました。ですが、本気でそのようなことをするとは思いませんでした。洋幸たちもそうでしょう。だから強気に出ていたわけですが、彼らは本当に漁船を焼き尽くした。そんなことを平気でできる連中です。もし、私がすべてを話せば、捕まる前にさらなる凶行に及ぶかもしれません。警察を信じていないわけではないのですが、漁労長として、私はこの地区の住民の安全に責任があります」

憤《いきどお》りに唇を震わせる。

「ご心配はわかります。ただ、もうすべてを話しても大丈夫です」

「多田を逮捕したんですか？」

「そうではありませんが、我々の情報では、EMPリゾート内でトラブルが起こっているようで、今はこちらに迷惑をかける余裕はないでしょう。この件は内密でお願いしたいのですが」

「そうですか。わかりました。今度、刑事さんがいらしたら、すべてをお話しすることにします」

ますか？」

「よろしくお願いします。で、不躾《ぶしつけ》で申し訳ないのですが、冷蔵庫の中を見せていただけますか？」

「冷蔵庫、ですか？」

「はい」

「かまいませんが。こちらへ」

達洋が立ち上がる。周藤も立って、達洋の案内に従った。

大きなキッチンがあった。流し台の隣に業務用の冷蔵庫がある。

「冷凍庫はどこでしょうか？」

「こちらです」

屈んで、下の引き出しを開ける。冷気が煙り、立ち上る。

周藤は中のものを出した。ほとんどが魚の切り身だった。冷凍食品もいくつかある。こちこちに凍っているところをみると、ずいぶん開けていないようだ。

周藤はすべての食材を引き出して、冷凍庫内を覗き込んだ。達洋は脇に立ち、怪訝《けげん》そうに周藤を見つめている。

冷凍庫の中に手を入れ、仕切りを探ってみる。と、製氷皿を置くスペースの下で突起物の感触を覚えた。薄いテープで留められているようだ。周藤はテープを剝《は》がし、突起物を取り出した。

「これだな」

手元を見る。白いビニールテープに鍵が付着していた。

「それは？」

達洋が手元を覗き込んだ。

「貸金庫の鍵です。洋幸さんが記憶の一部を無意識に思い出したようで、何か確かめてきてほしいと頼まれたものですから」

「そんなところにあったのか……」

「中身をご存じなんですか？」

周藤が訊く。

達洋は一瞬言い淀《よど》んだが、周藤を見た。

「おそらく、漁業権の権利証です」

「権利証ですか。なぜ？」

「多田は漁業権を欲しがっていました。漁業権を取得して、組合役員を変更し、その後、廃業届を出すつもりだったのでしょう。EMPリゾートが漁業権を手に入れた後、そうした行為に及んでいるというのは、他の漁港から聞いていました。洋幸は誰も知らない場所に権利証を隠したようです。私ですら聞かされていませんでした」

「なるほど。洋幸さんは、最後の最後までこの町の漁業を守ろうとしたんですね」

周藤の言葉に、達洋が頷く。

「もっと私が息子の気持ちを酌《く》み取ってあげられていれば……。鈴木さん。それは洋幸が命を賭《か》けて守ろうとしたものです。何者にも渡さないでください」

「わかりました。貸金庫の内容物は、責任を持って私が預かります」

周藤はそう言い、鍵をポケットに入れた。

8

神馬を乗せた車は、午後十一時すぎに浜名湖の弁天島《べんてんじま》にあるマリーナへ到着した。いったんヘッドライトを落とし、二度ほど点滅させる。と、百メートルほど奥から点滅が返ってきた。その後、懐中電灯の明かりが三回点滅した。

「多田も到着したようだな」

寺内が呟く。

今中は、ライトを落としたまま徐行し、百メートル奥へ車を進めた。

白いセダンが停まっていた。横幅のある短髪のスーツを着た中年男が車の脇に立っていた。プレジャーボートの操舵室《そうだ》には、茶髪の若い男が乗っている。

白のセダンの傍《そば》で寺内は車を停めさせた。車内に及川を残し、神馬も車を降りた。

「ご苦労さん」

寺内は中年男に歩み寄って、握手をした。

「多田は？」

「この通りだ」

男が車中に目を向けた。

多田は後部座席に横たわっていた。

「目を覚まさないのか？」

「眠剤を注射している」

「薬物の痕跡が残るのはまずくないか？」

寺内が口角を下げる。

「それは、血が残っていればの話だろう。鱶に食われれば、血管はずたずただ。溺れ死んで漂流しても、いずれ皮膚はふやけて剝がれ、血管も破れて血は流れ出す。痕跡が残る可能性はほとんどない」

「あんたも相当だな」

寺内がほくそ笑む。

「あなたほどではありませんよ」

男が片頰を上げた。

「あの男は？」

男は神馬に目を向けた。

「ああ。高橋君」

寺内が呼ぶ。神馬は二人の下に歩み寄った。

「新しい仲間だ。高橋君。こちらは小林さんだ」

「小林です」

右手を差し出す。

「高橋です、よろしく」

神馬は小林の右手を両手で握った。

「話は後だ。急ぐぞ。高橋君。及川を担いできてくれ」

「わかりました」

神馬は車に駆け戻った。後部ドアを開ける。

「寺内さん。カバンはどうしますか？」

「一緒に投棄だ」

「承知しました」

神馬はカバンごと及川を引きずり出した。及川は依然、気を失ったままだ。肩に担ぎ上げ、カバンをつかみ、寺内の下へ戻る。

「船に乗せてくれ」

寺内が命ずる。

神馬はタラップを渡り、及川を運び込んだ。デッキに寝かせる。小林が多田を担いできた。中背だが足腰がしっかりしているのが見て取れる。小林は及川の横に多田を並べて寝かせた。

「今中はここで待っていろ。一時間半ほどで戻ってくる」

そう言い、寺内が乗り込んできた。

「出せ」

寺内が命じると、プレジャーボートはゆっくりと動き始めた。

9

「ポン。動きだしたぞ」

伏木はタブレットを見ながら言った。

「確認しました」

栗島はサイドテーブルに立てかけていたタブレットを覗いた。神馬のGPS電波は、弁天島のあたりから遠州灘沖へと進んでいた。

スロットルレバーを押し、操舵輪を回す。船が桟橋を離れる。スポットライトを点けた。青白い光が洋上を照らす。先へ行くほど、光は闇に吸い込まれるように薄くなる。

栗島は航行レーダーを見ながら、慎重にプレジャーボートを走らせた。沖合に出た途端、波を受け、船首が跳ね上がる。

伏木がデッキでよろめいた。

「荒れてるな、今日は」

「救出は五分以内ですね」

栗島が言う。

「アントの課員を残しておけばよかったな」

「仕方ないですよ。自分たちの任務ですから。船を用意してもらっただけでも感謝しないと」

「しかし、因果だな。春先の絶好のクルーズをおねーちゃんたちと楽しんでいたのに、二度も洋上救出に携わらなきゃならないとは」

「また、来ればいいでしょう」

「いや、もう海は懲《こ》り懲《ご》りだ」

伏木が肩を竦める。

栗島は伏木に目を向けて微笑み、タブレットに目を戻す。

神馬たちを乗せたプレジャーボートは、みるみる沖合へと直進する。

「連中、高速船を使っているようだな」

「みたいですね。四十ノットは出ているようです」

栗島が速度計を見る。

一ノットは時速一・八五二キロメートルになる。四十ノットは時速に換算すると、約八十キロ近くとなる。波のある洋上での時速八十キロはかなりの速度だ。

「追いつくか？」

「この船、ウォータージェットが付いているので、向こうの船より速いですよ」

栗島は悪戯《いたずら》っぽく答えた。

ウォータージェットポンプとは、海水を高圧力で噴射し、船を浮かせる装置だ。海面に浮くことで波の抵抗を受けにくくなり、速度を出せるようになる。

「ただフォイルとフラップが小さいようなので、安定性は欠けます。揺れると思いますから、しっかりとつかまっておいてください。いきますよ」

栗島がウォータージェットのスイッチを入れた。船が浮き上がる。まもなく、後ろに引っ張られるようなGがかかった。

伏木は尻餅《しりもち》をついた。デッキの囲いをつかむ。

「こりゃすげーな！」

風に煽《あお》られ、笑顔を見せる。その顔に飛沫《しぶき》がかかる。伏木は相貌《そうぼう》を歪《ゆが》めた。

「すごいが、楽しくはないな」

顔の水滴を拭《ぬぐ》う。

栗島は笑みを覗かせ、スロットルをフルに入れた。

船はみるみると闇に包まれ、沖合へと吸い込まれていった。

10

神馬たちを乗せたプレジャーボートは、浜松沿岸から五十キロほど沖合で停船した。船体が大きく上下している。視界は黒色に塗り潰され、五十メートル先も見えない。デッキの照明だけが闇に躍っている。

小林は多田に近づき、両脇に手を入れた。揺れが大きく一人では支え切れない。

「高橋君。脚を持ってくれ」

小林が助けを求めた。

神馬は多田の両脚をつかんだ。二人で持ち上げる。多田は睡眠薬が効いて、眠ったままだ。バランスを取りながら、船縁《ふなべり》まで運ぶ。

「行くぞ。一、二の三」

小林が声を掛けた。多田の身体を振り、荒れる波のリズムに合わせて海に放り投げる。重い音とともに飛沫が上がった。操舵室にいた男がスポットライトで海面を照らした。波紋の中心にスポットを当てる。沈んでいた多田の身体が浮き上がってきた。うつぶせになり、手足は力なく水底を指している。

続いて小林は及川の両脇に手を通した。神馬も脚を取る。掛け声と共に、今度は及川を海へ放った。海面に大きな穴が開き、多田と同じように浮き上がった。

多田と及川の身体は、スポットの中で波に漂い、揺れていた。

「高橋君。及川のカバンも捨ててくれ」

寺内が言う。

神馬は頷き、カバンを取った。デッキの端へ行き、カバンを放ろうとする。

と、背後に気配が迫った。神馬が振り向きかけた。瞬間、左上腕に衝撃を覚えた。

小林が前蹴りを放っていた。バランスを失った神馬の身体が海上に放り出された。

「何をするんだ！」

海面を叩き、もがきながら叫ぶ。

デッキの端に寺内と小林が立った。神馬を見下ろす。

「高橋君。いや、おそらく高橋ではないのだろう。何者だ？」

「何を言ってるんだ！　おれは高橋翔平だ！」

「おいおい、俺たちの調査能力をみくびってもらっては困る。高橋翔平については調べた。おまえとは顔も違うし、本人は東北の建設現場で働いていた」

寺内が片頬を吊《つ》った。

「何の目的で湧《わ》いたゴキブリかは知らんが、おまえが素直に正体を明かせば、命だけは助けてやる。逆らうなら、多田や及川と同じく、鱶の餌だ」

寺内は神馬を見据えた。

神馬は立ち泳ぎをしながら、笑みを浮かべた。

「言ってろ、悪党」

「俺を悪党呼ばわりするとは、やはり警察関係者だな。とんだゴキブリが舞い込んだものだ。まあ、おまえが誰であろうとここに至っては関係ない。おまえが助かる見込みは1パーセントもない。力尽きるまでもがいて、己の浅はかさを呪いながら溺れ死ね」

寺内はそう言うと、右人差し指を上げた。

エンジンが掛かる。

「おれは生きて戻るぞ。楽しみに待ってろ」

「夢枕に立ってもいいぞ。何度でも、気の済むまで沈めてやる」

寺内は大笑いをした。笑い声が波音を裂く。

ボートが神馬たちに背を向けた。スポットライトが外れ、海面がたちまち暗くなる。神馬は視界が失われないうちに、多田と及川の身体を引き寄せた。

スクリューが水を掻《か》き回す。波が立ち、神馬たちの身体が大きく浮き沈みする。

船尾が遠ざかる。

「こうなることは想定済みなんだよ、おっさん」

神馬はジャンパーの下から紐《ひも》を取り出した。思いきり引く。紐が抜けると同時に胸元が膨《ふく》らんだ。みるみる分厚くなり、上半身が浮き上がる。

神馬は寺内たちが出かけている間に智恵理に連絡を取り、ライフジャケットを用意させ、ジャンパーの下に着込んでいた。

及川と多田を海へ投棄すると聞いた時、必ず、自分も殺すだろうと踏んでいた。自然死に見せかけてはと提案したのは、銃や刃物を使わせないためだった。海洋投棄だけなら、ライフジャケットが一つあれば充分だ。

神馬は及川と多田の両脇に腕を巻いた。上体を起こす。顔が上がった。とりあえず、二人ともこれで息はできる。

「早く来いよ、ポン」

神馬は脚で水を掻きながら、栗島たちを待った。

11

三枝と岩橋は、三枝行きつけの銀座のバーのＶＩＰルームにいた。ホステスはいない。二人で室内に籠《こ》もっていた。

「うん、わかった。ご苦労。戻ってこい」

三枝は携帯を切った。

「誰からです？」

岩橋が三枝を見た。

「小林からです。及川と多田、あの高橋と名乗っていた怪しい男も処分したということです」

「それはよかった」

岩橋がほくそ笑む。

「高橋の正体はわかりましたか？」

「いや、最後まで口は割らなかったそうですよ」

「そうですか。まあ、顔写真もあるので、ゆっくりと探ってみましょう」

岩橋はグラスを取り、ブランデーを含んだ。

「警察の動きはどうです？」

三枝はタバコを咥《くわ》えた。火を点け、煙を燻《くゆ》らせる。

「特に目立った動きはありませんね。多田の部下はやはり、商売敵《がたき》にさらわれたのかもしれません。もしくは、消されたか」

「あいつらにもう用はない。死んでくれたほうがいいですな」

煙を吐き出し、濁《にご》った煙幕の先から岩橋を見据えた。

「ともかく、これで掃除は終わりです。いよいよ本格的に我々の計画を推進しましょう」

「どうなさるおつもりで？」

岩橋が三枝を見やる。

「二週間後に船上パーティーを予定しています。そこで、あなたを大々的に披露したい。与野党の大物も呼んであります。あなたが次世代のリーダーだということを喧伝《けんでん》しましょう」

「面映《おもは》ゆいですね」

「まだまだですよ。あなたには政府の中枢に上り詰めてもらわなければならない。あなたが力を持つことで私の力も増し、三枝商事本体のトップに立つこともできる。私の経済力とあなたの政治力が揃えば、敵はいなくなります」

「その日は近いということですね」

「そういうことです」

三枝はボトルを取り、グラスにブランデーを注《さ》した。

「我々の輝かしい未来に」

グラスを持ち上げる。

岩橋もグラスを取った。合わせると、澄んだ音が部屋に響いた。

二人はブランデーを含むと、互いを見つめ、笑みを滲ませた。

第六章　太平洋の藻屑《もくず》

1

三日後、D1オフィスにメンバーが集結していた。菊沢も顔を出している。

「サーバル、体調はどうだ？」

「ちょっと行水した程度ですよ。なんてことはありません。ただもうちょっと早く拾い上げてくれれば、風邪《かぜ》を引かずにすんだんですけどね」

神馬は洟《はな》を啜《すす》り、伏木を一瞥《いちべつ》した。

「ごめん、サーバル」

栗島がうなだれる。

「洋上で人の影を見つけるのは大変なんだよ」

伏木が愚痴《ぐち》る。

「まああ、こうして救出できたんだから、いいじゃない」

凜子が笑顔を向けた。

神馬は再び鼻を啜り、そっぽを向いた。

「多田は何か吐きましたか？」

周藤は菊沢を見た。

「知っていることは供述したようだ。062にまとめてある」

菊沢がうながした。

周藤はタブレットを手にした。ファイルナンバー062をタップする。表示されたPDFに目を通す。

EMPリゾート開発は、SAEGUSAコンソーシアムの三枝征四郎を通じて、EGIから融資を受けていた。EMPリゾートの融資を管理していたのは、三枝の側近、小林実常務だった。この件は、凜子が仕入れてきた幹部専用サーバーのデータ解析でも裏付けられている。

多田は三枝の指示を受け、伊豆半島までの太平洋岸の漁村の土地を買い漁《あさ》っていた。

漁業権を手に入れる理由は、漁業権を手に入れて廃業手続きを取り、地場産業をなくして自分たちの有利に事を運ばせるためだと語っている。

興味深いのは、多田は太平洋岸に一大リゾート地域を構築する夢を捨てきれずにいたということだ。日本のリゾート王の名をほしいままにしたかったと、アントの取り調べで語っている。

三枝の目的が別にあるということは薄々感じてはいたものの、かすかな期待は残していた。ところが、小林から馬鹿にするように違うと聞かされ、しかも、殺されかけた。その憎悪から多田は知っていることをすべて話したようだった。

「小林が多田に語った真意というのは、何です？」

伏木が訊《き》いた。

「はっきりとは言わなかったそうだ。その件に関しては調査部からの報告を見てほしい」

菊沢がメンバーを見やった。

周藤は指でスクロールした。漁業権についての記述がある。

ＥＭＰリゾートが買収した漁村の漁業権は、すべて廃業届を出したものと思われていた。だが、実際は一件も廃業届は出されていない。

「つまり、廃業手続きを取らなかったということですか？」

栗島が確認する。

「そういうことだ。いくつかの漁村で廃業届が出されたのは確かだが、その後、〈地球の緑を守る会〉が申請を取り下げ、漁業権を譲り受けている」

「漁業を守るため？」

凛子が首を傾《かし》げる。

「けど、及川はそんなことは一言も言っていなかったぞ。NPOの連中からもそんな話は聞いたことがない」

神馬が言った。

「入院中の及川教授にも確認した。しかし、及川教授は漁業権の扱いは官庁に強い政治家の岩橋に任せていて、詳しいことは知らないと証言している」

「しらばっくれてるんじゃねえの？」

神馬が呟《つぶや》いた。菊沢は神馬に目を向けた。

「及川教授が漁業権についての話を隠す理由がない。もし、廃業寸前で食い止めていたとすれば、彼らの活動にとってはプラス。大いに喧伝《けんでん》できる成果だ」

「それを喧伝しないということは、何かあるということね」

「そういうことだ、リヴ。漁業権をかき集めていたのは共同代表の岩橋だ」

菊沢が言った。

周藤はデータを読み進めた。

岩橋は、EMPリゾートが廃業申請を出すたびにすぐさま役所に駆けつけ、申請を取り下げさせていた。その後、各漁業組合の役員に就任している。岩橋は強引な開発から漁村を守る盾《たて》として活動をしていた者だ。各漁協の組合員や漁労長から異論は出ていない。

が、漁業権の一部はSAEGUSAコンソーシアムに流れていた。

実際は、役員をSAEGUSAコンソーシアムの社員に書き換えただけだが、これで事実上、該当する漁村の漁業権はSAEGUSAコンソーシアムが握ることになる。

その時点で、岩橋は役員を外れている。そして、役員改選の同時期に、岩橋の口座には数千万単位の金額が振り込まれていた。

「なるほど。SAEGUSAコンソーシアムは、EMPリゾートと〈地球の緑を守る会〉を使って、効率よく漁業権の回収を図ったということか」

周藤が強く吐いた。

「調査部もそう結論付けている。メタンハイドレートの開発が本格化すれば、近海に影響が出ることは必至だ。当然、漁業補償の問題も起こる。また、太平洋沖の開発が始まれば、作業船の寄港地も必要となる。どちらに転んでもいいよう、漁業権の回収に出たのだろうと調査部はみている。リヴが入手した内部データからもそうした料簡《りようけん》が窺《うかが》える」

菊沢が頷《うなず》いた。

「白も黒もまとめて真っ黒か。ひでえもんだな」

神馬が洟を啜った。

「及川教授と多田武志を殺そうとしたのは、彼らが事実を知って欲をかいたか、知らずに消されかけたかということかしら」

凜子が口にする。

「アントと調査部の取り調べでは、二人は三枝たちの目論見《もくろみ》は知らず、加担させられていたのだろうという結論に落ち着いている」

「つまり、三枝と岩橋が描いた絵図の中で転がされていたということですね」

栗島の言葉に菊沢が頷いた。

「利用できる者はとことん利用して、用がなくなればポイか。典型的な悪党だねえ、こいつら」

伏木は画面を見つめ、ため息を吐いた。

「しかしなぜ、岩橋はタイミングよく廃業届が出たことを知ったのかしら？」

凜子が菊沢を見た。

「農水省官僚の寺内が一枚嚙《か》んでいる。免許は都道府県知事の裁量だが、当然、大元を管轄する水産庁や農林水産省にも情報は上がる。内密に寺内の携帯やパソコンの通信記録を入手した。解析の結果、ＥＭＰリゾートが土地を入手する前後から管轄の役所へ廃業届が出ていないかの問い合わせが頻繁《ひんぱん》に行なわれていることがわかった」

「つまり、寺内は三枝や岩橋と通じているということですね」

栗島が受ける。

「それは及川教授と多田武志、それにサーバルを殺そうとしたことでも証明される」

菊沢が答えた。

「あのおっさん……普通に枕元に立ってやる」

神馬は船上で笑う寺内を思い出し、奥歯を嚙んだ。

「三枝及び岩橋の手法で沿岸部を押さえられれば、国家の食糧政策やエネルギー戦略にも関わる重大な障害となりかねない。よって、第三会議はクロと判定した。ターゲットは、SAEGUSAコンソーシアム社長・三枝征四郎。社会自由党の岩橋直樹。農水省官僚の寺内和彦。三枝の下で実務を取り仕切っていた常務の小林実。この四名だ」

「今中は？」

周藤が訊く。

「今中黎一については、マネーロンダリング対策室から身柄を確保してほしいとの要請があった。野沢君の件もある。君たちの処刑が始まった時点でアントに身柄を拘束させる」

「わかりました」

周藤は頷いた。

「諸君の健闘を祈る」

菊沢は一同を見回した。

2

周藤は四日をかけて執行の段取りを決め、手はずを整《ととの》えた。その上でオフィスに他のメンバーを集めた。

「今回は二度に分けて執行する」

周藤がホワイトボードの前に立つ。

「三枝征四郎と岩橋直樹は、十一日後に行なわれるお台場《だいば》の船上パーティーで執行する。寺内和彦と小林実はその前日に執行。寺内、岩橋はサーバルが。小林、三枝は俺が手を下す」

「まとめて執行したほうが安全じゃないか？」

伏木が言った。

「いや、船上パーティーは人目に付く。以前のように、見せしめで執行しろという命令ではない。あくまでも秘密裏にだ。パーティーの席での執行は最小限に留めたい」

「寺内と小林がいなくなれば、三枝たちが警戒するんじゃない？」

「多少警戒したところで、船上パーティーを取りやめにすることはできない。むしろ、人のいる場所だから安心しているだろう。それに警戒してもらったほうが、今回の作戦はうまくいく」

「どういうこと？」

「サーバルはパーティーの船内で岩橋を始末しろ。リヴがそれを三枝に報《しら》せ、別のボートで脱出させる。俺がそこを狙い撃つ。普通の状況なら、連れ出されること事態を警戒するだろうが、周りの人間に不測の事態が起こっている状況下なら、三枝も君の指示に従う。ちなみに、当日は大泉先生にもご協力を願う。君が婬御《めいご》である体《てい》で話してもらうよう頼んでいるので、そう振る舞うように」

「そこまで大泉先生に出張ってもらって大丈夫なの？」

「そこは、第三会議がうまく処理してくれている。問題ない」

「了解」

リヴは両眉を上げ、微笑《ほほえ》んだ。

「前日の執行でポンはサーバルのサポート」

「承知しました」

栗島が頷く。

「クラウンは俺のサポートを」

「はいな」

伏木は人差し指を振った。

「前日の執行については、場所も時間も違うので、サーバルのほうはチェリーに執行確認をしてもらう。リヴはオペレーターの代役として俺のほうの執行確認をしてもらいたい」

「わかりました」

智恵理が頷く。凜子も頷いてみせた。

「船上パーティーには各自役割分担をして乗り込む。その手配は今、アントが進めている。アントからの連絡があり次第、各自その任に就《つ》いてもらう。リヴはこのまま当日までSAEGUSAコンソーシアムに出入りしてくれ」

周藤の言葉に、凜子が頷いた。

「概略は以上だ。これから詳細を詰める」

周藤は執行の詳細を話し始めた。

3

船上パーティー前日の夜、SAEGUSAコンソーシアムの社長室には寺内と岩橋が顔を出していた。小林も社長の脇に立っている。ソファーにふんぞり返った三枝は、二人を交互に見つめ、タバコを吹かしていた。

「岩橋先生。NPOのほうはどうですか？」

三枝が訊いた。

「及川の失踪でごたついていた人ですから、それは仕方ないですがね。ただ、徐々にメンバーは私に傾きつつあります。先陣を切っていたわけですから、それもさもありなん。彼らは自分で判断するということができない者たちですので。強硬な及川支持派は出て行っています。従順な手駒を選別する手間が省けそうです」

岩橋は鼻で笑った。

「それはよかった。寺内さん、及川教授たちの遺体が揚《あ》がったという話は？」

「今のところ聞こえてきません。海流の速い場所なので、今頃はハワイあたりまで流されているかもしれませんね。彼らにはいい旅行でしょう」

そう言って、ほくそ笑む。

「小林。明日の段取りは？」

肩越しに小林を見やる。

「すべて整いました。明日の朝、チェックするのみです。大泉先生もいらっしゃいます」

「それはいい」

「私の電話に直接出られたんですが、姪から話を聞いていたと言っていました」

「ほう。噂のあの女、本物でしたか」

寺内が呟いた。

「疑っていたのか？」

三枝が寺内を見やる。

「はい。大泉先生にそのような姪御さんがいらっしゃるとは聞いたことがありませんでしたから。その後、調べてみた結果、顔は確認できませんでしたが、景子《けいこ》という遠縁の娘がいることはわかりました。それでも疑わしいので――」

「私に大泉先生に直接ぶつけてみろと言われたんです」

小林が言葉を受けた。

「政治家が身内の件で嘘《うそ》を吐くのは致命的ですからね。直接話して認めたとなれば、本物でしょう」

「当たり前だ。大泉先生の嗜好《しこう》もよく知っていた。あの女は、今後、メタンハイドレートの事業を進めるにあたって、貴重な戦力となる。パーティー後は、正社員として迎えようと思っている」

「それが賢明かと」

寺内は片眉を上げた。

話していると、小林の携帯が鳴った。小林は部屋の隅《すみ》に行き、電話を取った。

「もしもし。ああ、どうも。はい……はい。そうですか。すぐに伺《うかが》います」

小林は電話を切り、三人の席に駆け戻った。

「社長。設営の件で至急詰めたいことがあるとのことなので、席を外させていただきたいのですが」

「かまわん。今日はもういいから、準備に専念してくれ」

「わかりました。失礼します」

小林は深々と腰を折り、急ぎ足で社長室を出た。

「パーティーというのは面倒だな」

三枝が笑う。

「まあしかし、それが金と力を生むのですから」

寺内が言った。

岩橋は二人を見やり、口角を上げた。

4

小林が三枝ビルを出ると、ビル前の路肩に黒塗りのハイヤーが停《と》まっていた。小林が駆け寄る。後部ドアが少し開いた。顔を出したのは凛子だった。

「すみません、お呼び立てして」

「いえいえ」

「急いで乗ってください」

凜子が急《せ》かす。

小林は周囲を何度か見回し、ハイヤーの後部座席に乗った。

助手席には黒いスーツを着た男がいた。運転手は天然パーマの頭に白い帽子を乗せている。ハイヤーの中にしてはどことなく妙な空気だった。

車が滑り出す。

「すみません。シートベルトを締めてください」

運転手が言う。

「ああ」

小林はシートベルトを胸元に斜めにかけ、ロックした。改めて、前を向く。

「大泉さん。こちらは？」

助手席の男を目で差す。

「大泉の私設秘書です」

「そうですか」

凜子の言葉に、小林が小さく息を吐く。

「ところで、大泉先生はどちらへ？」

「明日のパーティーに備えて、お台場の日航《にっこう》ホテルに泊まっています。かねてから、機会があれば小林さんにお会いしたいと申してまして、さっき連絡があり、今日はどうかと打診されました。私は明日のパーティーの席上でと言ったんですが、明日は小林さんも何かとお忙しいでしょうし、大勢の中で話すのも何だからと。伯父は一度言い出すと聞かないもので。すみません」

「いえ、こちらこそ光栄ですよ。大泉先生から個別に会いたいと言われるとは。何を差し置いても伺います」

小林はシートに深くもたれた。

「ちょうど、あなたの話をしていたところなんですよ。社長はパーティー後にあなたを正社員として迎えたいとおっしゃっています」

「それはうれしい申し出ですが、社員にはなれません。御社が残っているかどうかもわかりませんよ」

「どういうことです？」

小林の笑みが強《こわ》ばる。

「ちょっと失礼します」

凛子は小林の太腿《ふともも》に上体を傾けた。甘い香りが小林の鼻先をくすぐる。小林は凛子の色香に気を取られた。

凛子はシートに着いていたもう一本のシートベルトを取った。小林の腹の上を渡し、ストッパーにロックをする。横一文字に伸びたシートベルトがきゅるると締まった。小林の両腕がベルトに締め付けられ、動けなくなる。

「何ですか、これは！」

小林は凜子を睨《にら》んだ。

「見ての通り、シートベルトですよ。特注の」

凜子は静かに微笑んだ。

「小林さん」

助手席の男が声を掛けた。小林はバックミラー越しに男を見やった。涼《すず》しげだが感情のない目をしていた。

「大泉先生からの伝言があります」

「何だ！」

小林はバックミラーを睨んだ。男もバックミラー越しに小林を見据える。

「三枝社長の右腕として、ＳＡＥＧＵＳＡコンソーシアムの裏方として働く貴殿は、多くの漁村を崩壊へ導く計画に加担し、及川教授や多田武志の殺害にも手を貸した。その所業は看過《かんか》できないと判断が下された」

「おまえら、何者だ！」

小林はもがいた。が、シートベルトでがんじがらめになり動けない。

車は晴海《はるみ》通りを東南へ進む。

「こんなことをして、どうなるかわかっているのか！」

小林が喚《わめ》く。

「うるさいなあ。続きがあるんだから、ちょっと黙っていてもらえるかしら」

凜子は小林の口に硬質ゴム製の猿ぐつわをねじ込んだ。猿ぐつわは太い骨のような形になっている。縦《たて》に咥《くわ》えさせられた小林は、何度も吐き出そうと口をもごもごとさせるが、猿ぐつわは吐き出せなかった。呻《うめ》きが車内に響く。

車は勝鬨《かちどき》橋の手前を右に折れ、人気《ひとけ》のない海沿いの路肩に停まった。街灯の明かりが車中を照らす。

助手席の男がシートで身を起こし、小林の方を向いた。

手にはサプレッサーの付いた銃が握られていた。銃把《じゅうは》の中央には紅《あか》い髑髏《どくろ》を背負った旭《きょく》日章《じつしょう》が刻まれている。ナイトホークカスタムファルコンコマンダー周藤専用特注モデルだ。

周藤は左手で身分証を取り出した。はらりと開く。紅い髑髏が桜の代紋を背負っていた。

小林は双眸《そうぼう》を開いた。

「よって、桜の名の下、極刑に処す」

周藤が銃口を眉間《みけん》に押しつけた。

小林は呻いて暴れた。が、脚がシートを蹴るだけだ。

周藤は引き金を引いた。銃口から噴射ガスと煙が立ち上った。

小林の両眼がかっと見開いた。銃弾は頭部を貫《つらぬ》き、後部シートにめり込む。後頭部から噴出した血煙がリアウインドウを紅く染めた。

凜子は小林の首筋に指を当てた。脈は途切れていた。

スマートフォンを取り出す。

「D1オペレーター代理、リヴです。かちどき橋の資料館から百メートルほど西に進んだ場所に遺体があるので、車ごと回収をお願いします。ナンバーは品川33・あの72――」

凜子がアント本部に連絡を入れる。

「ファルコン、どうするんだ？　ここから歩いて帰るのか？」

運転席の男が帽子を取る。伏木だった。

凜子が電話を切って、前を向く。

「アントが代車を用意してくれるから、ここで待機よ」

「屍《しかばね》と海を眺めてなきゃいけないのか。因果だねえ」

伏木は口をへの字に曲げた。

周藤は伏木を見て微笑み、銃を懐《ふところ》の専用ホルスターにしまった。

5

神馬と栗島は寺内を尾行していたアント課員の連絡を受け、三田《みた》にある寺内の自宅マンション前まで来ていた。寺内の部屋は十五階建て高層マンションの十五階だ。三枝や岩橋と飲み歩いた後、午前一時に帰宅した。

神馬はワゴンを降りた。左手には黒刀漆《うるしいちもんじくろなみ》一文字黒波を握っている。柄《つか》には紅い髑髏を背負った旭日章が刻まれていた。

栗島はショルダーバッグをかけて後から出てきた。

「なあ、ポン」

「何ですか？」

「おれさあ。ファルコンがいつも言ってる前口上、苦手なんだよな。あれ、ポンがやってくんない？」

「ちょっと！　いや、自分は口下手なもので……」

「おれよりマシだって。な、頼んだぞ」

神馬が先に進む。

「どうしよう……」

栗島は口をもごもごと動かしながら、神馬の後を追った。

玄関はオートロックだった。

「番号は？」

「ちょっと待ってください」

栗島はタブレットを取りだした。起動し、デスクトップに表示されている動画を再生する。そこには、女性の指が数字ボタンを押す様子が映し出されていた。

「いつの間に、そんな映像を撮っていたんだ？」

「寺内がマンションに戻ってくると連絡を受けた後、少し車から出たでしょう？　その時、これを付けたんです」

栗島は壁に付いている十円玉程度の大きさの四角く黒い突起物を剝《は》いだ。

「これ、カメラなんですよ」

「これがか！」

神馬が突起物を摘《つま》み取る。ただのコンデンサーのようなものだ。よく見ると、側面に小さな穴が空《あ》いているが、とてもカメラには見えない。

「超小型カメラです。眼鏡《めがね》のつるに仕込んだりするでしょう。その応用品です」

「動くのか？」

「中には一センチ角のリチウム電池を仕込んであります。二十分程度しか保《も》ちませんが、急場で使うには充分です。電子回路にはアンテナを仕込んでいて、カメラで捉えた映像を瞬時にデジタル変換して半径五十メートルほどの範囲に飛ばすよう設定しています。受像した信号はタブレットの本体のソフトで映像変換して、見られるようにしました」

「何でもできるんだな、ハイテクってのは」

「何でもできるわけじゃないですよ」

栗島が苦笑する。

映像で確認した四桁《けた》の数字を押す。すんなりと自動ドアが開いた。

神馬は何食わぬ顔でホールへ入ろうとした。

「サーバル！　待って」

栗島が呼び止める。

「なんだよ」

「やっぱり、仕込み杖《づえ》剝《む》き出しはダメですよ」

「いいだろう。アントが処理するんだしさあ」

「ダメです。これに入れてください」

栗島は細長い袋を取り出した。

「なんだ、これ？」

「竿袋《さお》です」

「釣り竿かよ……」

「釣り竿と勘違いされるほうがいいでしょう？　早く入れてください」

　栗島が詰め寄る。神馬は仕方なく黒刀を竿袋に収めた。

「だせえなあ」

ぶつくさ言いつつ、中へ入った。

エレベーターに乗り込み、十五階に上がる。ドアが開く。エレベーターホールからくの字に廊下が続く。

「部屋は？」

「１５０８です」

栗島が言う。神馬は部屋番号を見ながら、奥へ進んだ。中央を曲がって一戸目が１５０８号室だった。

ドアを見る。カードキーだった。

「ホテルみてえだな」

「このところ、カードキーを使っているマンションも多いんですよ。自家発電装置を備えた高級マンションに限りますけどね」

「役人のくせにボロ儲《もう》けか。ますます許せねえな」

神馬が文句を垂れる。

栗島はコードの付いた白いカードを差し入れた。LANプラグをタブレットに差し込み、解析ソフトを起動させる。スタートボタンをタップすると、画面上で目まぐるしく数字が躍った。

十秒ほど経《た》つと、タブレットから小さなピッという電子音が聞こえ、数字が停止した。

「もう開いたのか？」

「はい。暗号化されたパスを解析すればいいだけですから。カードを引き抜けば、ロックが外れます」

「ハイテク、すげーな」

神馬は感嘆しながら、カードを摘んだ。

「ちょっと待って。中の様子がまだ――」

「いいよ。どうせ、殺《や》っちまうんだ。相手は一人だし」

眉を上げ、カードを引き抜いた。

ピピッと音がし、ロックが外れる。神馬はドアハンドルを倒し、扉を開けた。玄関口へ入る。栗島も渋々《しぶしぶ》続いた。静かにドアを閉じる。玄関口は真っ暗になった。

神馬は暗闇の中でじっと立っていた。右手の方で衣擦《きぬず》れの音がした。闇に目を凝《こ》らす。

神馬は靴を脱ぎ、耳を澄ませ、ほとんど視界のない真っ暗な廊下を進む。栗島はスニーカーを脱ぎ、神馬の背に触れ、足音を忍ばせ、暗闇を歩いた。

神馬は神経を研《と》ぎ澄《す》ませた。聴覚が自分の足音や床の軋《きし》みを捉《とら》える。

また、衣擦れの音がした。

神馬は脚を止めた。

「ポン、明かり」

囁《ささや》く。

栗島は手探りでバッグを漁り、小さなＬＥＤライトを取り出した。スイッチを入れる。

青白い明かりが闇を照らした。

玄関から二番目の右側のドア前だった。耳を寄せ、中の気配を探る。かすかに呼吸音が聞こえる。ゆったりとした規則正しい呼吸だった。

「寝てやがる」

神馬はドアハンドルを握った。栗島が明かりを落とす。

そろそろとドアを開ける。隙間《すきま》から仄暗《ほのぐら》い琥珀《こはく》色の室内灯が漏《も》れた。中を覗《のぞ》く。寝室だった。左端に置かれたベッドに寺内が横たわっていた。掛《か》け布団《ぶとん》を肩まで被《かぶ》り、寝息を立てている。

「酔っぱらって熟睡か。悠長なもんだな」

神馬は寝室へ入った。栗島も入ってきて、そっとドアを閉める。

「さて。さっさと済ませるか」

神馬は竿袋から黒波を取り出した。ベッドサイドに近づく。

「ポン。用意はいいか？」

「あの、ちょっと待ってください……」

ぶつぶつと口ごもる。

「行くぞ」

神馬は左手で掛け布団をめくった。肩を押して、仰向《あおむ》けに返す。軽やかにベッドに飛び乗り、寺内の腹を跨《また》いだ。右手のひらで口を塞《ふさ》ぐ。

寺内が目を覚ました。琥珀色に染まった神馬を認め、双眸を見開く。ベッドを軋《きし》ませて抗《あらが》うが、のしかかった神馬は暴れ馬を捌《さば》くカウボーイさながら、寺内の上で躍るだけだった。

「よう、夢枕に立ってやったぜ」

片頬を歪《ゆが》める。

「ポン、いいぞ」

「あ、はい。えー、寺内和彦。あなたは農水省の官僚でありながら、三枝征四郎と結託し、漁業を崩壊させかねない企《くわだ》てに手を貸した。その所業は、えーと……」

「あー、もういいよ」

神馬は首を振った。

右手のひらを離し、ポケットに手を入れる。

「貴様！　こんな真似《まね》をして、どうなるかわかっているのか！」

「はいはい。悪党の常套句《じょうとうく》は聞き飽きてるから」

令符を取り出し、開く。それを寺内の眼前にかざした。

「警視庁暗殺部だ」

桜の代紋を背負った紅い髑髏が揺れる。

「まさか……」

「名前くらいは聞いたことがあるだろう？　こいつは本物だ」

「おまえ、そんなヤツだったのか……」

「そういうこと。あんたがどういう闇を覗いてきたか知らないが、おれたちの闇には敵《かな》わない」

神馬は令符をしまい、黒刀の柄を握った。

「ま……待ってくれ！　協力する。何でも協力するから」

「出た出た、悪党の命乞い。それも聞き飽きてんだよ。次はあれか？　逆ギレだな」

ぬらりと刃《やいば》を引き抜く。

「頼む。助けてくれ……」

寺内は涙目で唇を震わせた。

「おい、こら。何度夢枕に立っても、沈めるんじゃなかったのか？」

神馬は刃を喉笛《のどぶえ》に押し当てた。

「言い過ぎた。すまない。申し訳ない！　頼む。殺さないでくれ……」

寺内の目尻から涙がこぼれ落ちる。

「おいおい、逆ギレなしの泣き落としかよ。悪党の風上にも置けねえな。そういうときは、殺るなら殺ってみろ！　と、啖呵《たんか》を切るんだよ。そうすりゃ、そうですか？　と言って、喉笛をかっさばいてやるから」

「サーバル。遊んでないで、そろそろ……」

「つまんねえな」

喉笛に刃を押しつける。

と、寝室のドアが開いた。

神馬は刃を押し当てたまま、背後を見やった。

「ちょっと。置いていかないでよね」

智恵理だった。腕組みをし、頰《ほお》を膨《ふく》らませる。

「なんだ、チェリーか」

「なんだじゃないわよ！　執行時はオペレーターの随行を確認する。鉄則でしょ！」

ずかずかと寝室へ入ってくる。

「悪かったよ」

「悪かったじゃない！」

神馬の頭を小突く。

「調子に乗るなよ、クソ女」

「調子に乗ってるのは、あんたよ」

智恵理はベッドサイドに歩み寄り、寺内を覗き込んだ。寺内は智恵理を見て涙を流し、言葉にならない命乞いをした。

「ねえ、あんた。さっきチラッと聞こえたけど。助けてあげたら、本当に協力する？」

「する。何でもさせてもらいます！」

「ふむ。じゃあ、ちょっと聞きたいんだけど、岩橋が手に入れた漁業権の権利書はどこに保管されているの？」

「ＮＰＯの事務所の代表部屋の金庫だ」

「応接ブースの奥の部屋か？」

神馬が訊く。

「そうだ。執務机の後ろに絵画がある。その裏に埋め込み形の金庫があり、そこに保管している」

「漁業権の回収方法を考えたのは、誰？」

「岩橋だ。初めは単なる環境運動家だったんだが、メタンハイドレートの探索現場で三枝社長と会い、社長が選挙資金や票田を提供すれば、代わりに漁業権を回収すると持ちかけてきた。社長はその提案に乗っただけだ。そのために及川を焚《た》きつけ、NPO法人を起《た》ち上げた」

「あの好青年面《づら》した澄まし野郎、許せねえな」

「三枝が手に入れた漁業権の権利書は？」

「社長室の執務机の引き出しに入れている。鍵はかかっていない。盗《と》られるわけがないとタカを括《くく》っている」

「そう。ありがとう。それだけ聞ければ充分よ。あなたは法治国家として看過できない罪を犯した。よって、桜の名の下、極刑に処す。執行！」

智恵理が声を張った。

神馬は刃を引いた。鋭い刃金が皮膚を裂き、肉を抉《えぐ》る。刃先まで引いて、刀を振り上げた。

血煙が上がった。寺内は両眼を見開いたまま、息絶えた。

「希望を与えて処刑とは。女は残酷だな」

寺内の身体から飛び降り、シーツで血脂を拭《ぬぐ》って鞘《さや》に納める。

「補足事項を確認したまでよ。第三会議の決定は覆《くつがえ》せない」

ことも なげに言い、寺内の首筋に手を当てた。頷き、スマートフォンを取る。

「D1オペレーター、チェリーです。寺内和彦の処刑が完了しました。事後処理をお願いします」

智恵理は手早く伝え、電話を切った。

栗島が訊く。

「チェリー。どうやって入ってきたんですか?」

「アントに協力してもらったの。あんたたちが先に現場へ行ったと聞いたから」

話していると、玄関ドアの開く音がした。複数の足音が響き、寝室のドアが開く。処理課の課員だった。

「なるほど」

栗島は頷いた。

「今回の件は不問に付すけども。二度と私か私の代理がいないところでは執行しないで。わかった、二人とも!」

「はい、すみませんでした」

栗島が頭を下げる。

「あんたは!」

智恵理は神馬を睨んだ。

「わかりましたよ」

神馬はふてくされてそっぽを向いた。

「まあいいわ。明日もあるから、帰りましょう」

智恵理が先に寝室を出る。

「あいつ、ファルコンの随行じゃなかったから機嫌が悪いんだ、きっと」

「聞こえますって、サーバル！」

栗島は智恵理と神馬を交互に見やり、狼狽《ろうばい》した。

6

寺内と小林の処刑を終え、翌日を迎えた。SAEGUSAコンソーシアムがチャーターした小型客船は晴海の客船ターミナルに着岸していた。十八時の出航予定を前に、招待客が続々と車で乗り付け、乗船していく。

船内にはすでに三枝と岩橋が乗り込んでいた。最上階のサンデッキの個室で出港を待っている。しかし、三枝も岩橋も顔色が冴《さ》えなかった。

部屋にスタッフを務めている社員が入ってきた。

「失礼します。社長、一階のエントランスがお客様で満杯になってきましたが、いかがいたしましょうか？　三階のパーティー会場にご案内してよろしいですか？」

「そうしてくれ。小林とは連絡は取れたか？」

「いえ、まだ……」

社員が口ごもる。

「わかった。小林は間に合わないかもしれない。君たちが仕切ってくれ」

「承知しました」

社員は一礼して、下がった。

「小林も寺内も連絡が取れないというのは、どういうことだ！」

三枝がテーブルを叩《たた》いた。コーヒーカップが音を立てて揺らぐ。

「三枝さん。なんとなく悪い予感がする。虫の知らせみたいなものですか。今日のクルーズパーティーを中止するわけにはいきませんか？」

「何をバカな。もう、招待客は集まっているんだ。ここで中止となれば、我が社の沽券《こけん》に関わる。下手すれば、我が社が潰れかねん。違いますか？」

「しかし……」

「そうなれば、あなたの将来も断たれる。我が社とあなたの政治生命は一蓮托生《いちれんたくしょう》ですよ」

「そこまで大げさな……」

「岩橋先生。いや、岩橋。俺が利にならない若造を飼うと思うか？」

三枝の声色が変わった。

岩橋は身を竦《すく》めた。ぞっとするような濁《にご》った目で、岩橋を睨《ね》める。今まで奥の奥に隠していた三枝征四郎の本性が顔を覗かせていた。

「三枝さん。何をおっしゃって――」

「何もクソもない。その通りのことを言っているまでだ。俺と対等だとでも思っていたのか？　だとしたら、世間知らずにも程がある。おまえが俺に漁業権回収の話を持ってきた時、こいつは使えると思っただけだ。おまえのような市民運動家上がりの政治家ごとき、潰すのは造作ない」

三枝が目を剝く。

岩橋は言葉が出なかった。

三枝征四郎は愚かな社長だと舐《な》めてかかっていた。三枝もうつけた社長を演じていた。が、それもまた三枝が自分を転がす策だったとは。まんまと乗せられたと知り、臍《ほぞ》をかむが、時すでに遅し。三枝征四郎にどっぷりと取り込まれていることを認識せざるを得なかった。

「まあ、小林と寺内の件は仕方がない。何かトラブルに巻き込まれたとすれば、ＥＭＰリゾートの関係だろう。替えを探すしかないな」

三枝は椅子《いす》にもたれた。タバコに火を点《つ》け、煙を吐き上げる。さっきまで、岩橋と同じように蒼《あお》い顔をしていた三枝はどこにもいなかった。

ドアがノックされた。

「どうぞ」

三枝が言う。

ドアが開く。凜子が顔を覗かせた。

「おお、大泉さん」

三枝はタバコを灰皿で揉《も》み消し、満面の笑みを浮かべた。百八十度変化した三枝の表情を目にし、岩橋は小さく身震いをした。

「お話し中でしたか?」

「いいえ、雑談です。どうしました?」

「伯父が社長にご挨拶《あいさつ》をしたいというもので、連れてきたんですが。よろしいですか?」

「もちろんです」

三枝が立ち上がった。岩橋も立つ。

凜子がドアを開く。ひょろりとした痩身の初老男性が姿を見せた。大泉美喜夫だ。

「やあ、征四郎君。元気かね?」

大泉は右手を挙げ、微笑んだ。

「ご無沙汰《ぶさた》しております、先生。どうぞ」

奥の席に手招く。凜子も付き添い、大泉の脇に立った。

「いや、申し訳ないね。私の身内が世話になって」

「いえ、こちらこそ助かっています。彼女は優秀ですから。近日中にうちの社員になってくれないか、打診しようと思っていたところです」

「本当ですか？」

凜子が瞳を輝かせる。

「ええ。あなたさえよければ、ぜひ我が社へいらしてください」

「ありがとうございます。光栄です」

凜子は白い歯をこぼした。

「そちらは？」

大泉は岩橋を見やった。

「社会自由党の衆議院議員・岩橋直樹先生です」

三枝が紹介する。

「岩橋です。かねてからご尊顔は拝しておりますが、ご挨拶したことはありませんでした。非礼の程、お詫《わ》びいたします」

岩橋は深々と頭を下げた。

「いやいや、与党と野党だから接点がないところもある。まあ、今後はよろしく」

大泉が言う。岩橋は平身低頭だった。

「ところで、征四郎君。メタンハイドレートの探索は進んでいるかね？」

「粛々《しゅくしゅく》と進めております」

「そうか。そろそろ与党内でエネルギー戦略会議が起ち上がる。そこではメタンハイドレートの商業化が主題となろう。その時は協力を願いたいと思うが、いかがかな？」

「願ってもないことです。私のほうこそ、よろしくお願いします」

三枝は頭を下げた。

大泉は頷き、席を立った。

「先生。もっとゆっくりしていってください」

「いや、ちょっと野暮用ができてね。パーティーに参加したいところだが、私は失礼する。ただ、姪が世話になっているので、挨拶だけはしておきたくてね」

「そうでしたか。わざわざありがとうございます」

三枝は席を立った。

「社長。お忙しいのに失礼しました。伯父を送ったらすぐ、パーティーの手伝いに戻りますので」

「大泉さんはゆっくりとしておいてください。それでは先生、ここで失礼いたします」

三枝が深々と頭を下げた。岩橋も倣《なら》う。

大泉は凜子と共に個室を出た。ドアが閉まり、三枝は大きく息を吐いた。

「岩橋先生。そういうことです。私と進めば、いずれ、参議院のドンと呼ばれた大泉美喜夫も私の後ろ盾となる。このチャンスに打って出ない手はない。違いますか？」

また口調が丁寧になっていた。

そのあからさまな二面性が不気味でたまらない。

「おっしゃる通りです」

岩橋は肯定するしかなかった。


凜子は大泉と共に船を下りた。タラップの袂《たもと》には黒塗りのハイヤーが停まっていた。運転手が大泉の姿を認め、後部のドアを開く。

「大泉先生。わざわざご足労いただき、ありがとうございました」

「あれでよかったかな？」

「はい。今後のことですが、何が起ころうと、先生には――」

凜子が言いかけた時、大泉は右手のひらを挙げて、言葉を制した。

「私はパーティーに参加はしていない。征四郎君にも岩橋先生にも会っていない。もちろん、君のような姪はいない」

「ありがとうございます」

凛子が深々と腰を折る。

大泉は後部座席に乗り込んだ。運転手がドアを閉めた。窓がするすると開いた。

「そうだ。菊……いや、ツーフェイスによろしくお伝えください」

「承知しました」

凛子が言うと、スモークを貼ったガラス窓が上がった。

車が滑り出す。

凛子はハイヤーのテールランプが見えなくなるまで見送り、すぐさま船に戻った。

7

船が港を離れた。薄闇に染まる東京湾の沖合へと進んでいく。三階の大会場には二百名近い招待客がひしめいていた。

伏木はウエイターとして紛《まぎ》れ込んでいた。栗島はクルーの制服を身につけ、緊急避難ボートのあたりで待機していた。神馬は伏木の手引きで忍び込み、最上階のサンデッキの個室脇の陰に身を潜めていた。凛子は社員として、智恵理は招待客を装《よそお》い、パーティー会場に潜《もぐ》り込んでいた。

　壇上では、三枝がメタンハイドレートを中心に、日本のエネルギー戦略を熱く語っていた。その脇に岩橋が立っている。岩橋は前に組んだ手を何度も握っていた。緊張して笑みが引きつっている。

　Ｄ１メンバーは耳にマイクロフォンを仕込んでいた。マイクは襟《えり》の裏やボタンに付けられている。

　船上に周藤はいない。指揮を執《と》るのは智恵理だった。

　三枝の挨拶が終わり、会場が割れんばかりの拍手に包まれた。

「えー、ここで未来の日本を担う方を紹介したいと思います。社会自由党衆議院議員、岩橋直樹先生です」

　三枝が紹介した。

　岩橋は三枝に歩み寄り、固く握手をした。

　場内は拍手とざわめきが半々だった。三枝一族は現与党を支持している。野党議員の紹介に、招待を受けた与党議員が怪訝《けげん》そうな顔をし、顔を近づけて何やらぼそぼそと話していた。

　岩橋がスタンドマイクの前に立つ。咳《せき》払いをして、口を開いた。

「国会でお見かけする顔もあれば、初めましての方も多くいらっしゃいます。改めて、自己紹介をさせていただきます。社会自由党衆議院議員、岩橋直樹と申します。私の専門は環境問題です。本来、三枝社長とは反目する立場にありましたが、社長から日本のエネルギー問題を聞かされ、私もただ環境保護を訴えるだけではいけないのではないかと考え直しました。我が党は何が何でも反対です。私は党内での話し合いがつかない場合、党を出ようと思っています」

岩橋の発言に会場がざわついた。

「理想理念だけで日本の舵《かじ》取りはできない。私は今日を境に、一つ先の未来へ踏み出したいと思います。皆様、何卒《なにとぞ》この若輩岩橋にお力を貸していただきたい！」

岩橋は深々と頭を下げた。

拍手が沸き、会場が明るくなる。壇上の岩橋は紅潮し、安堵《あんど》の笑みを浮かべていた。

歓談が始まった。ビュッフェの料理もどんどん減っていく。

岩橋と三枝は二人して会場を回っていた。三枝が与党議員や経済界の重鎮を紹介し、岩橋がへこへこと頭を下げている図が続く。

「リヴ、よろしく」

頃合いを見計らい、智恵理が指示を出した。了解、と返事が返ってくる。

凛子は三枝たちのいる場所へ徐々に近づいた。与党議員との挨拶を終えたところで声を掛ける。

「岩橋先生。立派なご挨拶でしたわ」

「いえ、お恥ずかしい限りで」

岩橋は照れ笑いを見せる。

「いや、なかなか堂々としたものでした。次世代のリーダーは確実ですな」

三枝が大仰に笑う。

「ですが、少々お疲れのようですね。ちょっと顔色が良くありませんよ」

「緊張していたので。大丈夫です」

岩橋が笑顔を作る。

「大泉さんの言う通りだ。ちょっと休んだほうがいい。ゲストの相手はしておくので」

「社長。私もお付き合いいたします」

「それは心強い。そういうことだ、岩橋先生。クルージングはまだ一時間以上続く。少し経《た》って、また戻ってくればいいのですから」

「では……お言葉に甘えまして」

岩橋は会釈をして、会場の出口へ向かった。凜子は三枝と会場の中央に進む。

智恵理は岩橋の後を追った。岩橋が場外へ出て、階段を上がっていく。

「クラウン。見張りをお願い」

――はいな！

返事が来た。会場に目を向ける。伏木が場内から出てきて、ドアロをうろついた。

智恵理は頷き、岩橋の背中を追った。背を丸めて螺旋《らせん》階段を上がり、最上階へ出る。そのままサンデッキの個室へ入っていった。

「サーバル。ターゲットが個室に入った。頼むよ」

——任せとけ。

神馬の返事が聞こえた。

智恵理は最上階のデッキへの出入口に立ち、周囲を見張った。


岩橋は個室の椅子に座った。体が重い。背もたれに背中がめり込みそうだった。

ふう、と大きく息を吐く。その顔には笑みがにじんでいた。

野党からの鞍替《くらが》え発言がどう受け止められるか、気になっていた。しかし、与党議員には概《おおむ》ね好意的だった。経済人は岩橋の転身を賛辞を以《もっ》て迎えた。

「これで僕も与党に鞍替えできる。大泉美喜夫の政治力と三枝の資本力があれば、中核に躍り出るのも可能だ。いよいよ、僕の時代か。弱小政党でがんばった甲斐《かい》があったな」

独りごちる。笑みがこぼれて仕方がない。

「僕の時代だ」

堪《こら》えきれず、笑い声をあげる。

「おまえの時代は来ないよ」

不意に背後から声が掛かった。

岩橋の双肩が揺れた。ドアが開いたことにも気づかなかった。振り向く。岩橋の双眸が強ばった。

「おまえ……」

「すまないな。寺内や小林に殺られるほど、やわじゃないんだよ」

神馬は片頬に笑みを浮かべた。

「何しに来た！」

声が引きつる。

「引導を渡しに来た」

神馬はポケットから令符を出した。

「岩橋直樹。貴様は日本の漁業を崩壊させかねない愚行で私腹を肥やそうとした。その蛮行、許しがたし。よって、桜の名の下、極刑に処す」

令符を開く。桜の代紋を背負った深紅の髑髏が岩橋に突きつけられる。

「な……何だ、それは……」

岩橋が席を立った。部屋の奥へ後退する。神馬はにじり寄った。

「警視庁暗殺部の免罪符だ」

「暗殺部？　そんなバカな」

岩橋は失笑した。が、両頬は引きつっている。

「悪い冗談はよせ。国家権力が殺しまでするわけがない。そんな組織は知らないぞ」

「知ってるはずがない。だってよ。この令符を見た者は――」

神馬は令符をしまった。黒波の柄を握る。

「みんな、死んじまってるからな」

刃を引き抜いた。

黒く光る刃を見て、岩橋の目尻が引きつった。

「そんなことが許されてたまるか……たまるか！」

岩橋は指に触れた椅子を握った。力任せに、神馬に投げつける。

神馬の眼前に椅子が迫った。神馬の身体が陽炎《かげろう》のように揺らいだ。

切っ先が一閃《いっせん》する。椅子が斜めに斬れた。割れた二つの椅子の間から、神馬がすり抜けてくる。瞬時に岩橋との間合いが詰まった。

「執行！」

神馬は刃を突き上げた。尖端《せんたん》が喉笛に食い込んだ。切っ先が後頸部《こうけいぶ》を貫く。

岩橋は双眸を見開いた。半開きの口から血があふれる。

黒波をゆっくりと引き抜く。首の前後に開いた穴から鮮血が噴き出した。神馬は素早く後ろに飛び、返り血を避けた。

岩橋の両膝が揺れた。宙を見据えたまま頽《くずお》れ、フロアに突っ伏した。

神馬はテーブルクロスを取り、血に濡《ぬ》れた刃を拭った。

「チェリー。終わったぞ」

胸元のマイクに向けて言う。

まもなく、智恵理が入ってきた。うつぶせた岩橋に駆け寄り、首筋に指を当て、生死を確認する。すぐさま頷いて立ち上がった。

「執行完了。お疲れ様」

智恵理は言い、マイクに口を近づけた。

「岩橋の執行完了。アントは最上階のサンデッキの個室の処理を。クラウンは私とサーバルと共に退避。一階の右舷中央に来て。ポンとリヴはこれより十分後、予定通りに行動を。これより先の船内指示はリヴが代行する。以上」

智恵理は的確に指示を伝えた。

右舷中央の通路は船室の壁側にあたり、人目がない。その脇には、アント課員が操舵する脱出用のボートが張りついていた。

「行くよ、サーバル」

「はいはい」

「返事は一回でいい！」

「うるせえな。置いていくぞ」

神馬は個室を出た。

「ホントにもう！」

智恵理はふくれっ面で神馬の後を追った。

8

凜子は三枝に随行しながら、時折り、腕時計を覗いていた。そろそろ十分が経つ。三枝から少し離れ、口を動かす。

「ポン。五分後に到着予定。救命ボートを降ろして、待機」

——了解です。

ポンから返事が戻ってきた。

凜子は三枝に近づいた。そっと耳元に顔を近づける。

「社長。岩橋先生は大丈夫でしょうか？」

「そうだな。見てきてもらえるかな？」

「わかりました」

凜子はゲストに笑顔を向け、会場を出た。サンデッキに駆け上がる。出入口にはアントの課員が立っていた。

「Ｄ１のリブです。処理は？」

「あと一分で終わります。これを」

課員が一枚の紙切れを手渡した。

「ありがとう。後をお願い」

言葉を交わし、会場に戻っていった。人混みを掻《か》き分け、三枝に歩み寄る。

「社長。よろしいですか？」

「ちょっと失礼します」

三枝はゲストに挨拶をした。

凜子は三枝を会場の外に連れ出した。

「どうしたんだ？」

三枝が笑顔を向ける。が、凜子の険しい表情を認め、笑みを引っ込めた。

「何があった」

声が太くなる。

「こんなものがサンデッキの個室に……」

三枝に紙切れを渡す。

三枝は二つ折りの紙を開いた。途端、目を剝いた。

紙には岩橋のものらしき血で〈ターゲット　小林　寺内　岩橋　三枝〉と書いてあり、小林と寺内と岩橋の名前は大きく×で消されていた。

「岩橋先生は！」

声が震えて上擦《うわず》る。

「個室にはいませんでした。ですが、部屋は血だらけで……」

凜子が顔を伏せる。

三枝の手が震えた。紙片の端が揺れ、かさかさと音を立てる。

「社長。その×マークは殺したということ――」

「言うな！」

三枝は目を見開いて怒鳴った。

凜子が肩をびくりとさせる。

「ああ、すまない……。これは私が預かっておく」

三枝は無理やり笑顔を作り、会場へ戻ろうとした。

凜子は三枝の腕を握って、引き止める。

「ここにいるかもしれません」

小声で囁いた。

三枝は足を止めた。背中が強ばっている。

「岩橋先生が殺されたとは思いたくないですが、個室の血痕を見る限り、尋常ならざる事が起こったのは間違いありません。社長。この船を出ましょう」

「それは……」

「命より重いものはないはずです！」

小声だが、語気を強めた。

「伯父も社長には期待しています。何があったのかは知りませんが、社長はこんなところで命を落とすべき人じゃありません。あとは私たちでなんとかしますから。行ってください」

腕を引っ張る。

「大泉さん。ありがとう」

三枝は涙ぐんでいた。

「救命ボートがあります。それで岸へ戻ってください。急いで」

凜子に腕を引かれた三枝は言われるままに、走り出した。

凜子は心の中でほくそ笑みつつ、三枝を船尾に連れて行く。通路を抜け、デッキに出ると、ポンの姿が見えた。

「船員さん！」

三枝の手を離し、クルー役の栗島に駆け寄る。

「社長が少し具合が優《すぐ》れないようで。救命ボートを出してもらえませんか？」

「ちょうど今、点検で海上に降ろしているところですが」

「よかった。お願いします」

「うーん」

栗島は三枝を見た。蒼白《そうはく》ですがるように栗島を見つめる。

「顔色が良くないですね。わかりました。出しましょう」

栗島が言う。三枝の目尻が安堵の色を帯び、下がった。

船尾から救命ボートに縄梯子《ばしご》を降ろす。

「降りられますか？」

栗島が訊いた。

「大丈夫」

三枝は強く頷いた。

栗島が先に縄梯子を下る。ボートに降り立つとふらふらと揺れる縄梯子の端をつかんで伸ばす。三枝が船の外に身体を出した。

「大泉さん。よろしく頼む」

「こちらは心配しないでください。早く！」

「ありがとう。戻ったら、君を私のパートナーとして正式に契約する」

「そんな話は後で。急いでください！」

凜子がけしかける。

三枝は救命ボートに乗ると、その場に座り込んだ。凜子を見上げる。凜子は強く頷いた。

スポットライトが薄暗い洋上を照らした。ボートはゆっくりとクルーズ船から離れていく。凜子はボートの影を見送り、にやりとした。ポケットからスマートフォンを出す。周藤の携帯を鳴らした。まもなく周藤が出る。

「……もしもし、リヴです。予定通り、三枝を救命ボートに乗せて、帰しました。ポイント到着は二分後かと思われます。よろしく」

短く用件を伝え、電話を切った。

「さようなら。社長さん」

洋上を進むスポットライトに向け、言葉を投げた。

9

周藤は羽田《はねだ》空港滑走路の北東の端にあるブッシュの中に身を隠していた。

狙撃銃を用意した。レミントン・アームズ社のＭ24ＳＷＳだ。ボルトアクションの狙撃銃で、陸上自衛隊が所有しているものを、第三会議を通じて入手した。

7・62×51ミリNATO弾を使用し、有効射程距離は約八百メートルある。世界中で採用されている狙撃銃だ。

周藤は二脚を立て、銃身を固定し、腹ばいになってターゲットを待った。ナイトスコープを覗きながら、前髪の揺れで風を計る。南西風が吹いているが、風速は三メートル以下だ。メイストームが吹き荒れるこの時期、珍しく東京湾は凪《な》いでいた。

周藤は細かくサイトを調整した。

狙撃は、気温、気圧、風向、風速、重力などのあらゆる自然的要素を考慮しなければならない。洋上を狙う周藤にとって、南西風は左からの横風となる。発射された弾丸は横風を食らい、右へ曲がることになる。さらに海上は湿度が高く、重力の影響を受けやすいため、射程距離が長いほど落下する。

命中精度を上げるには、それらを計算して遠距離射撃を行なうか、気象要素の影響を最小限に抑えるまで相手を引きつけるかのどちらかしかない。

周藤は二百メートル先に照準を合わせていた。適度な重さがあり、初速も速いNATO弾であれば、その距離でも問題はない。

コンマ数ミリ、銃口を左側に傾け、サイトの十字を中心に合わせた。

耳に風切り音と波の音が飛び込んできた。ノイズが走る。が、音は徐々にはっきりと聞こえてきた。

栗島の操縦する救命用ボートが近づいてきた証拠だ。栗島のワイヤレスから飛ばされる電波は、半径三百メートルの範囲内で拾えるよう、設定していた。

周藤はスコープを覗いた。砕《くだ》けた波が緑色の波状となって目に映る。銃床を肩に当て側面に右頬を添え、右腕で挟《はさ》み、しっかりと固定する。左腕は折って胸元に敷き、姿勢を安定させた。右人差し指をトリガーに掛ける。

周藤は呼吸を整《ととの》えた。心拍数が上がらないよう、ゆっくりと呼吸を繰り返す。

スコープ内に映る波飛沫《なみしぶき》が高くなってきた。ボートのエンジン音がはっきりと聞こえてくる。

ボートの縁《へり》が波飛沫を割って映った。栗島は速度を落としていた。波に煽《あお》られ、ボートが上下する。スコープ内に三枝の姿をとらえる。が、サイトの中心に入ってこない。

周藤は辛抱《しんぼう》強く待った。必ず、その瞬間は来る。わずかでも動けば、照準が狂ってしまう。我慢のしどころだった。

息が詰まりそうな緊張感の中、周藤は静かな呼吸を続けていた。

三枝の顔がスコープの真ん中に入った。サイトの十字の中心で三枝の頭部が上下に揺れる。周藤は胸の奥でリズムを計っていた。下がる時より、上がる時のほうが若干《じやっかん》ゆっくりとしている。しかし、エンジンが停まったことで、上下するリズムは安定してきた。

スコープが確実に三枝を捉えた。

「ポン、よろしく」

ワイヤレスマイクを通じて、周藤が言う。

ポンが頷く姿が見えた。

――三枝征四郎。

ポンの声がイヤホンを通して聞こえる。

――貴殿はメタンハイドレートの利権を我が物にするため、多くの者を死傷させた。エネルギー戦略を崩壊させかねない貴殿の私欲及び非道は、国家に対する反逆と認定された。

――何を言っているんだ、おまえは！

ポンの言葉の合間に、三枝の怒鳴り声も飛び込んでくる。ポンは怯《ひる》むことなく、言葉を続ける。

――よって、桜の名の下、極刑に処す。

ポンは告げ、周藤から預かった令符を三枝の前にかざした。

――なんだと、貴様！

三枝が立ち上がろうと上体を起こした。

瞬間、周藤は素早く、しかし静かにトリガーを引いた。

射出音が弾《はじ》けた。草むらで眠っていた鳩《はと》が驚き、一斉《いっせい》に舞い上がる。硝煙が風に流れた。

三枝が目を見開いた。弾丸は眉間のど真ん中を貫いていた。三枝の身体がゆっくりと倒れていく。スコープの枠から三枝の陰影が消えた。

まもなく、栗島から報告が入った。

——ファルコン。三枝の死亡を確認しました。これより所定場所へ戻ります。

栗島は通信を切り、川崎《かわさき》港に向け、南西に舵を切った。

周藤は身を起こし、深呼吸をした。携帯を取り出す。

「チェリー、ファルコンだ。三枝の執行は完了した。これよりオフィスに戻る」

そう連絡を入れ、M24をばらし始めた。

エピローグ

二週間後、D1メンバー全員で相模湾《さがみわん》へクルージングに来ていた。相模湾はべた凪《なぎ》だった。プレジャーボートは陽光を浴び、静かに揺れている。

メンバーが仕事以外で集まるのは珍しい。互いに馴《な》れ合わないよう、こうした集会は慎《つつし》むべきだと誰もが思っているが、今回は栗島たっての頼みだった。めったに人に頼み事をしない栗島がどうしてもと粘るので、みんな、折れた。

周藤はデッキのチェアで本を読んでいた。神馬は船首で釣り糸を垂らしている。伏木はバーベキューを焼きながら、凜子と智恵理にまとわりついていた。

栗島ははしゃぐ伏木を横目で見つつ、周藤の横に腰を下ろした。

「すごかったね、ファルコン。あの暗い洋上で三枝を一発で仕留めるなんて」

「狙撃銃を扱える者なら、あの程度の距離は難しくない」

「いや、でも……」

「仕事の話はやめよう。せっかく遊びに来ているんだから」

「そうだね」

栗島が顔を伏せる。

「ファルコン、ごめんね。クルージングしたいなんて頼んじゃって」

「いいよ。ポンが頼み事をするなんて珍しいもんな」

周藤は栗島に目を向け、微笑《ほほえ》んだ。

「磯部洋幸に付き添っていなくていいのか？」

「うん。三日前にお父さんが迎えに来たんだ。彼はまだ記憶が一部しか戻ってなくて、自分の名前も思い出せないけど、家族といるのが一番だと思う。家族や漁師仲間はきっと根気よく、彼の力になってくれると思うから。僕はそこまで付き合えない」

栗島が海の向こうに視線を投げた。

周藤は栗島を見つめ、目を細めた。

多田や及川、今中の証言で、三枝と岩橋の企《くわだ》ては完全に露呈した。

彼らが所有していた漁業権は元の所有者に返された。そもそも、漁業権の譲渡は認められていない。奪われた権利が正当な所有者に戻っただけの話だ。ＥＭＰリゾートのホテル建設で漁業に復帰できなくなった町もあるが、ほとんどの漁民は漁業に戻っていった。

磯部洋幸の地元である中平地区でも漁業を再開した。ＳＡＥＧＵＳＡコンソーシアムの親会社にあたる三枝商事が新しい漁船の購入費を提供した。表向きには漁業支援という名目だが、真意は征四郎の暴挙に対する賠償だった。

交渉にあたったのは、漁労長である磯部達洋だった。一歩間違えば、恐喝にもなりかねない交渉だったが、粘り強く三枝商事の担当者と話し合い、補償を勝ち取った。

アントに拘束されていたEMPリゾートの関係者は、すべてが逮捕された。中平地区の漁船への放火、及び、漁民への暴行恐喝等の罪を問われた結果だ。森下以下、EMPリゾートの社員は罪を認め、素直に供述している。

今中の証言から野沢の行方が判明した。

野沢は栃木県の山中で遺体で見つかった。死後三カ月が経《た》っていた。今中の話では、野沢はEGIの本体に迫りすぎたため、殺されたのだということだった。今中自身は、野沢の殺害に関わっていないそうだ。

周藤は話を聞き、金融の闇に命を落とした仲間の無念を思い、野沢を悼《いた》んだ。

首謀者である岩橋と三枝が死に、資金を提供していた今中が拘束されたことで、漁業を巻き込んでのエネルギー開発計画は霧散《むさん》した。

しばらくは、岩橋や三枝のような人物は現われないだろう。

しかし、エネルギーが依然、金のなる木であることに変わりはない。周藤は、第二、第三の岩橋や三枝が出ないことを切に願った。

「ポン」

「何ですか？」

「人一人にできることなど限られている。だからといって、できることすらしないのは愚かしい話だ。よく、磯部洋幸に付き合ったな。ポンの想いはきっと届く。いつか彼も記憶を取り戻すよ」

「うん……。そう信じてます」

栗島は顔を上げた。目一杯の笑顔をみせる。

「おい、サーバル。焼き物がなくなったぞ。まだ、釣れないのか？」

伏木が言った。

「うるせえ！　てめえらが騒ぐから、魚が逃げちまうんだ！」

「あら、自分の腕のなさを他人《ひと》のせいにするなんて、情けない」

「うるせえぞ、チェリー！　だったら、おまえが釣ってみろ！」

「私、さっき船尾でこんなの釣りましたけど？」

クーラーボックスから、魚をつかみ出す。背中にコバルト色の斑紋が広がる真っ赤な天然マダイだった。

「さすが、チェリー。サーバルとは違うね」

「うるせえぞ、てめえら！」

神馬が竿《さお》を振った。水中に沈んでいた錘《おもり》が跳《は》ね上がり、宙を舞う。糸が後方へ飛び、伏木の帽子に針が引っかかった。帽子がふわりと浮き上がる。

「あ、ちょっと待って！」

伏木は帽子を追いかけた。

神馬はにやりとし、そのまま海に糸を投げた。針から外れた帽子がふわふわと海面に落ちた。

「あああ……」

伏木がデッキから身を乗り出し、おもいきり手を伸ばす。

「なんてことしてくれたんだ、サーバル！　あのボルサリーノは高かったんだぞ！」

「そんなに大事なら、取ってこいよ」

神馬が背中を押した。

伏木の手が滑る。

「あ、ちょっと！」

伏木の身体が囲いを越えた。真っ逆さまに海に落ちる。

「あらあら。まだ、寒いわよ」

凜子は微笑み、シャンパンを傾けた。

「ついでだから、魚獲ってきてくれよ。海女《あま》みたいに」

「そりゃないいぜ」

伏木は手足をばたつかせ、神馬を睨《にら》んだ。神馬が愉快そうに笑う。

「ちょっと、サーバル！　あんた、やりすぎ！」

智恵理は救命浮き輪を取って、海面に投げた。が、浮き輪の縁《ふち》が見事に伏木の顔に当たった。

「あっ！　ごめん！」

「やっぱり、女は残酷だな」

「うるさい！」

船首では神馬と智恵理、海の中の伏木が三《み》つ巴《どもえ》で騒いでいる。

栗島もさすがに呆《あき》れて、失笑した。

周藤は本に目を戻した。と、携帯が鳴った。

「はい、ファルコン。はい……わかりました」

携帯を切って本を閉じる。

「みんな！　仕事だ。戻るぞ！」

「もう、仕事かよ……」

神馬がリールを巻き上げる。

「クラウン、仕事だって！」

智恵理が海に向かって叫んだ。

栗島が操舵室へ戻っていく。

「早くしないと出ちゃうわよ」

凜子は海面を見つめ、うっすらと笑顔を投げた。

「そりゃないよ、リヴ」

伏木は必死に水を掻《か》いた。船首にいる三人が笑ってその様子を見つめる。

周藤は携帯を握り、水平線を見つめた。

本作品はフィクションです。実在する
個人、団体等とは一切関係ありません。

D１　海上掃討作戦

一〇〇字書評

切り取り線

購買動機（新聞、雑誌名を記入するか、あるいは○をつけてください）	
□（　　　　　　　　　　　　）の広告を見て	
□（　　　　　　　　　　　　）の書評を見て	
□ 知人のすすめで	□ タイトルに惹かれて
□ カバーが良かったから	□ 内容が面白そうだから
□ 好きな作家だから	□ 好きな分野の本だから

・最近、最も感銘を受けた作品名をお書き下さい

・あなたのお好きな作家名をお書き下さい

・その他、ご要望がありましたらお書き下さい

住所	〒				
氏名		職業		年齢	
Eメール	※携帯には配信できません	新刊情報等のメール配信を 希望する・しない			

この本の感想を、編集部までお寄せいただけたらありがたく存じます。今後の企画の参考にさせていただきます。Eメールでも結構です。

いただいた「一〇〇字書評」は、新聞・雑誌等に紹介させていただくことがあります。その場合はお礼として特製図書カードを差し上げます。

前ページの原稿用紙に書評をお書きの上、切り取り、左記までお送り下さい。宛先の住所は不要です。

なお、ご記入いただいたお名前、ご住所等は、書評紹介の事前了解、謝礼のお届けのためだけに利用し、そのほかの目的のために利用することはありません。

〒一〇一－八七〇一
祥伝社文庫編集長　坂口芳和
電話　〇三（三二六五）二〇八〇

祥伝社ホームページの「ブックレビュー」からも、書き込めます。
http://www.shodensha.co.jp/bookreview/

祥伝社文庫

D1《ディーワン》 海上掃討作戦《かいじようそうとうさくせん》 警視庁暗殺部《けいしちようあんさつぶ》

平成26年 2 月20日　初版第 1 刷発行

著　者　矢月秀作《やづきしゆうさく》
発行者　竹内和芳
発行所　祥伝社《しようでんしや》
東京都千代田区神田神保町 3-3
〒101-8701
電話　03（3265）2081（販売部）
電話　03（3265）2080（編集部）
電話　03（3265）3622（業務部）
http://www.shodensha.co.jp/

印刷所　堀内印刷
製本所　ナショナル製本
カバーフォーマットデザイン　芥　陽子

Printed in Japan ©2014, Shusaku Yaduki ISBN978-4-396-34010-0 C0193

祥伝社文庫の好評既刊

柴田哲孝　下山事件　最後の証言　完全版

日本冒険小説協会大賞・日本推理作家協会賞W受賞！　昭和史最大の謎に挑む！　新たな情報を加筆した完全版！

柴田哲孝　TENGU

凄絶なミステリー。類い希な恋愛小説。群馬県の寒村を襲った連続殺人事件は、いったい何者の仕業だったのか？

柴田哲孝　渇いた夏

伯父の死の真相を追う私立探偵・神山健介が辿り着く、「暴いてはならない」過去の亡霊とは!?　極上ハード・ボイルド長編。

柴田哲孝　オーパ！の遺産

幻の大魚を追い、アマゾンを行く！　開高健の名著『オーパ！』の夢を継ぐ旅、いまここに完結！

柴田哲孝　早春の化石　私立探偵　神山健介

姉の遺体を探してほしい――モデル・佳子からの奇妙な依頼。それはやがて戦前の名家の闇へと繋がっていく！

柴田哲孝　冬蛾　私立探偵　神山健介

探偵・神山健介を訪ねてきた和服姿の美女。彼女の依頼は雪に閉ざされた会津の寒村で起きた、ある事故の調査だった。